JN035526

dear+ novel
shousetsu jitateno love letter

小説仕立てのラブレター

海野 幸

新書館ディアプラス文庫

小説仕立てのラブレター

contents

illustration : 羽純ハナ

小説仕立てのラブレター
shousetsu jitateno love letter

醤油《しょうゆ》で煮しめたように黒光りする居酒屋の引き戸に手を伸ばすとき、光彦《みつひこ》は例外なく躊躇《ちゅうちょ》する。普段自分が行く店とあまりに店構えが異なるからだ。

無意識にネクタイの結び目の位置を直し、背筋を伸ばしてから引き戸に手をかける。

九月も終わりに近い金曜の夜、店内は週末の喧騒《けんそう》に満ちていて誰一人光彦を振り返らない。そんなことに胸を撫で下ろして店内に目を走らせた光彦は、奥のテーブルに座る男の後ろ姿に目を止めた。

がっしりとした肩回りと広い背中。ジーンズにTシャツというこざっぱりした服装で、足元は素足にサンダルを履《は》いている。襟足《えりあし》を無造作に伸ばしてメニューを眺めている男に、光彦は大股《おおまた》で近づいた。

「すまない藤吾《とうご》、五分も遅刻してしまった」

声に反応して男が振り返る。

立ち上がれば身長百八十センチを優に超える大柄な男は後ろ姿こそ威圧感があるが、顔を合わせると印象がガラリと変わる。骨太な顎《あご》や太い眉は後ろ姿の印象通りだが、目元に浮かぶ笑みは温和そのものだ。

光彦とは小学校からの幼馴染みである藤吾は、やや下がり気味の目尻を下げ「お疲れ」と穏やかに笑った。

「待たせて悪い、お詫《わ》びに一杯おごる」

向かいの席に腰を下ろして藤吾に頭を下げると、「たかが五分だろ」と笑われた。遅刻は遅刻だと言い返そうとしたら、遮《さえぎ》るようにメニューを押しつけられる。

「こっちこそ、黒田《くろだ》さんのお坊ちゃんを安酒しか出さない店にお呼び立てして申し訳ない」

「誰がお坊ちゃんだ」

「だってお前の親父さん──」

光彦は視線で藤吾を制する。隣のテーブルとさほど距離のない店で家族の話題を出されるのはごめんだ。

こんなふうに光彦が周囲の目を気にしがちなのは、身内に政治家などいるせいだ。

政治家はイメージが命だ。光彦は幼い頃から「周りから揚《あ》げ足を取られるような真似はしないように」と両親にきつく言い含められてきた。個室すらないこんな店で、不用意に家族の話などできるわけもない。

藤吾もそれを察したのか、やんわりと口をつぐんで言葉を変えた。

「こんな居酒屋にそんなピカピカのスーツで来る奴、お前くらいだぞ」

「スーツなら他の客も着てるだろう?」

そうだけどさ、と藤吾は苦笑を漏らす。

店内にスーツ姿の客は多いが、光彦のように体にぴったりと沿うセミオーダーのスーツを着ている者は他にいない。特に奇抜でもないネイビーのスーツを着た光彦にたまに店内から視線が流れてくるのはそのせいだ。

加えて光彦は鋭角的な美貌の持ち主だ。顔の中心をまっすぐ貫《つらぬ》く鼻は高く、切れ長の目はくっきりした二重《ふたえ》と繊細《せんさい》な睫毛《まつげ》で縁取《ふちど》られている。

長い睫毛を伏せメニューを熟読していた光彦がウーロンハイを注文すると、藤吾も同じものを頼んだ。一緒に料理も注文して、早々に運ばれてきたグラスを合わせる。

一口飲んでグラスを置いた光彦を見て、藤吾が軽く眉を寄せた。

「なんか顔色悪いな。仕事忙しいのか?」

「大丈夫だ。一日三時間は寝てる」

「全然大丈夫じゃないだろそれ」

光彦の勤め先は大手商社の商品管理部だ。今年で二十八歳、勤続六年目ともなれば中堅《ちゅうけん》社員で、自然と仕事量も増えてくる。

「忙しいときに誘って悪かったな。きついときは無理せず断ってくれていいんだぞ。うちの板《ばん》金《きん》工場は基本的に定時で上がれるし、休みの都合もつけやすいしな」

「無理はしてない。それに、お前との約束なら万難《ばんなん》を排して来る。お前は俺の唯一の親友で、命の恩人なんだからな」

真顔で言い返すと、「さすがに大げさだろ」と苦笑されてしまった。大げさでもなんでもないと返そうとしたが、それを見越したように藤吾が別の話題を振ってくる。

「そういえば、最近柚希《ゆずき》さんと会ったか？」

「柚希ちゃん？　いや、会ってない」

柚希は光彦の従姉妹《いとこ》だ。光彦たちより四つ年上で、会社勤めの傍《かたわ》ら小説を書いている。

光彦には六つ年上の兄がいるのだが、兄よりも年の近い柚希に光彦はよく懐《なつ》き、幼い頃から「柚希ちゃん」と呼んではよく遊んでもらっていた。

藤吾も柚希と面識がある。高校時代、毎日登下校を共にしていた光彦と藤吾の前に柚希が現れ、「ちょっと現役高校生のリアルな会話が知りたいから協力して」と二人を近くのマックに連れ込んだのがきっかけだ。

唐突な出会いだったにもかかわらず藤吾はあっという間に柚希と打ち解け、未《いま》だに三人で集まっては酒を飲んだりしている。

「最近柚希さんの顔見てないし、どうしてるのかなって思って柚希さんのＳＮＳ覗いてみたんだよ。そしたらあの人、またなんか面白いこと始めてた」

「面白いというか、柚希ちゃんは突拍子《とっぴょうし》もないことをするからな……」

「今回はイタコ小説を始めたらしい」

光彦は藤吾の顔を見返し、「何？」と尋ね返す。イタコ小説という単語を耳にしても、何ひとつ頭に浮かぶものがなかった。

「柚希ちゃんの次回作に、イタコでも出てくるのか？」

「というより、柚希さん自身がイタコになるみたいだな。もともとあの人の創作スタイル、憑依《ひょうい》型だろ。キャラクターを自分に憑依させて書くような……」

ああ、と光彦は溜息のような返事をする。

以前、藤吾と一緒に柚希のアパートで飲んでいたら、突如柚希が執筆を始めたことがある。前触れもなくネタが降ってきたらしい。それまで和《なご》やかに飲み食いしていたのが嘘のように柚希は動きを止め、雷にでも打たれたがごとく目を見開いてコップを取り落とした。床に飲み物がこぼれたことすら目に入っていない様子でパソコンを立ち上げ、一心不乱にキーボードを叩き始めた姿は記憶に鮮明だ。

「あのとき柚希ちゃん、半分白目剝《む》いてたな」

「俺たちが声かけても全然耳に届いてないみたいだったし、憑依っていうか神懸《かみが》かりに近かったな」

藤吾は店員が運んできた焼き鳥を受け取り、「あれは怖かった」と苦笑する。

「イタコ小説は出版社からの仕事じゃなく、個人相手に書いてるんだって」

「一個人に小説を売るのか？」

「柚希さんのＳＮＳに直接依頼が来るらしい。依頼者と、依頼者の片想いの相手の恋愛小説を書いてくれるそうだ。柚希さんは『リアル夢小説』とか言ってたな」

事前に依頼人の名前と、片想いの相手の名前、お互いのざっくりとした関係を聞き出して、現実には恋人でもなんでもない二人が恋愛関係に至るまでの小説を書くのだそうだ。

「……つまり、片想いの相手と結ばれる妄想を柚希ちゃんに小説にしてもらう、と？」

「四百字詰め原稿用紙一枚につき五百円だそうだ」

「そんなもの、他人に頼まずとも自分の頭の中でできそうだが……？」

ウーロンハイの入ったコップを手にした藤吾が、それだ、と人差し指を立てる。

「ただの妄想なら誰でもできる。でも柚希さんは憑依型の作家だ。依頼者と、その想い人の性格や行動を精密にトレースして小説を書いた結果、思いがけない効果が生まれた。なんだと思う？」

「なんだ急に、クイズ形式か？　よほどリアルな物語が書き上がった、とか……？」

「リアルどころの話じゃない。聞いて驚け、小説の内容が現実になった例がいくつかあるらしい。小説の主人公の行動を真似すると実際に恋が成就《じょうじゅ》するんだと。こうなるとほとんど予言に近いから、柚希さんが神降《かみお》ろしをしてるって噂も出始めて、それでネットでイタコ小説なんて呼ばれるようになったらしい」

「……新手の詐欺《さぎ》か？」

「自分の従姉妹に対してなんて言い草だよ」

笑いながら、藤吾は新しい酒を注文する。

光彦はまだ最初の一杯を飲みながら、ゆっくりと瞬《まばた》きをした。水のように酒を飲む藤吾と違い、光彦はあまりアルコールに強くない。こうして藤吾と飲んでいても、大抵は最初の一杯で酔いが回って、藤吾の話に相槌《あいづち》を打つだけになってしまう。

「本当に未来が予測できるなら、俺も書いてもらおうかな」

独白めいた光彦の言葉を聞きつけ、藤吾が表情を硬くした。

「光彦、好きな相手でもいるのか?」

「いない」と即答すると、目に見えて藤吾の表情が緩《ゆる》んだ。早速《さっそく》運ばれてきた新しい酒に口をつけた藤吾を見遣《みや》り、「そういうわけじゃないんだが」と光彦は続ける。

「今度、見合いをすることになった」

喉を鳴らしてウーロンハイを飲んでいた藤吾の動きが止まった。唇にコップをつけたまま、目だけ動かしてこちらを見る。

藤吾の持つコップの底を眺め、光彦は淡々と続けた。

「上司の勧《すす》めだ。相手の家柄は申し分ない。うちの両親も乗り気だ。向こうから断りの連絡がない限り、結婚することになるだろう」

言いながら焼き鳥に手を伸ばそうとしたら、藤吾がコップをテーブルに叩きつけた。

コップの中身が派手に飛び散ったが、藤吾はテーブルの上の惨状《さんじょう》など目にも入っていない様子で身を乗り出してくる。

「結婚するのか?　光彦が?」

「そうだな、相手から断られなければ……」

「お前はその相手をどう思ってるんだ？」

「さあ、まだ顔も見たことがないからよくわからないが」

「は？　わからないのにほぼ決定してるのか？　お前の意志は？　親が乗り気だからって愛のない結婚をするつもりか……！」

「結婚なんてそんなもんだろう？」

光彦の両親は政略結婚の仮面夫婦だ。表向きは仲睦《むつ》まじく振る舞っているが、家庭内ではビジネスパートナーのような冷淡な会話しか交わしていない。

きょとんとする光彦を見て、藤吾は深い溜息とともに片手で顔を覆《おお》ってしまった。

「昔からお前は自分のことを二の次にしがちだと思ってたが、一生のことを決めるときまで自分の意見を蔑《ないがし》ろにするのか――」

言葉尻は溜息に溶け、藤吾は力なく項垂《うなだ》れて動かなくなってしまう。

「……俺はそんなに嫌じゃないんだが」

取りなすような光彦の言葉に反応して、藤吾が勢いよく顔を上げた。いつも大らかに笑っている藤吾にしては珍しく険《けわ》しい表情だ。

大柄な藤吾が表情を鋭くすると威圧感がとんでもない。長年そばにいる光彦ですら怯《ひる》んでしまい、無意識に居住まいを正していた。

藤吾は真剣な表情で腕を組み、光彦を見詰めて何も言わない。

怒っているのか、はたまた何か考え込んでいるのか。首を竦《すく》めて次の言葉を待っていると、ようやく藤吾が腕組みを解いた。何か決心したような表情で、両手を自身の腿《もも》に置く。

「光彦、よく聞いてくれ。今まで言ってこなかったが、俺は同性愛者だ」

唐突なカミングアウトだった。

突然すぎて反応できない。藤吾の目はどこまでも真剣で、嘘でも冗談でもないことは一発で伝わった。だからこそなんと返せばいいのかわからず、何度も口を開けたり閉じたりして、やっとのことで光彦は声を出した。

「そ……そう、だったのか。それは、まったく、気がつかなかった」

もっとさらりと返事をしたかったのに、動揺で言葉がぶつ切りになった。

思い返せば学生時代、藤吾が彼女を作ったことは一度もなかったのだが。しかし自分を含めて同級生はみな同じような状況だったし、別段気に留めたこともなかった。

絶句する自分を藤吾がじっと見ていることに気づき、光彦は慌てて平静を取り繕《つくろ》う。

「そ、それは、そういうことも、あるな。誰を好きになるかは、自由だ」

親友である藤吾の性的指向を否定するような真似はしたくない。だからとっさにそう返したが、頭の中には様々な言葉が津波のように押し寄せてくる。

（俺は藤吾が同性愛者だろうとなんだろうと親友をやめるつもりはないが、世間的にはどうだ……⁉　カミングアウトしたら好奇の目にさらされるのは想像に難《かた》くないし、露骨《ろこつ》な偏見もあるだろう。隠していたとしても、周囲から悪気もなく「結婚の予定は？」なんて訊かれて居心地の悪い思いをすることもあるかもしれない。それで藤吾は幸せになれるのか？　少数派に転落する前に、どうにか踏みとどまれないものなのか⁉）

傍《はた》から見れば余計なお世話もいいところだ。

しかし光彦は昔から、多数決で勝つ方が正しいと妄信している節《ふし》がある。父親が政治家などしているせいかもしれない。

数は正義だ。何か新しいことを始めるにしても、人手が多い方が行動を起こしやすいし周りを巻き込みやすい。少数派の意見など蹴散《けち》らしてしまうだけの圧倒的な力がある。

だからこそ、少数派に転じることは光彦にとってひどく危ういことのように見える。

何かのはずみで多数派と対立することになったら、先程光彦が思い浮かべたような多くの反対や困難に立ち向かわなければならないのだ。それはどれほど精神的に疲弊《ひへい》することだろう。

藤吾が同性愛者であることを否定したいわけではないのだが、茨《いばら》の道を歩まずに済むのならぜひそうして欲しい。親友として、藤吾にはなるべく平らな人生を歩んでほしいと願わずにいられなかった。

（まずは藤吾がいつ同性愛者だと自覚したのか確認した方がいいんじゃないか……？）

直近のことなら勘違いという可能性もある。そんなことを考えていた光彦だったが、続けて藤吾が発したセリフで撃沈した。

「ついでだから言っておくと、学生時代からずっと、俺は光彦のことが好きだったんだ」

直前まで頭の中で練っていた言葉など木っ端《こ ぱ》みじんに吹き飛んで、光彦は啞然とした顔で藤吾を見詰め返す。

ついでに打ち明けるにしてはあまりにも衝撃的だ。うろたえて目を泳がせる光彦とは対照的に、藤吾は一切視線を揺らさない。

「光彦は、俺のことどう思ってる?」

適当にはぐらかすことなど許さない、強い眼差しだった。光彦は喉元にフォークでも突きつけられた気分で、顎を上げて言葉を継ぐ。

「と、藤吾のことは、もちろん好きだが、恋愛対象としては……好きじゃない」

たちまち藤吾の顔に落胆の影が差し、「あ、でも」と慌てて光彦は言い添えた。

「友人の中でお前が一番好きなのは間違いないぞ! 友人というか、知り合いの中でも藤吾が一番だし、なんだったら家族を含めても、やっぱりお前が一番だ。それは保証する」

「……一番?」

藤吾の表情が険しくなって声を詰まらせる。告白を退《しりぞ》けておいて矛盾しているとでも思われたのだろうか。でも本当のことなのだから仕方ない。

「だって、藤吾は俺の親友だろう……?」

弱々しく呟いた光彦を見て、藤吾が喉《のど》の奥で低く呻《うめ》いた。

「お前、家族を含めても俺が一番とか、そこまで言っておいて……。でも親友なのか？　最初の刷《す》り込みが強すぎたか……」

ひとしきりぶつぶつと呟いて、藤吾は大きく一つ息を吐いた。再びこちらを向いた藤吾の顔からは、直前までの苦々しい表情が洗い流され、どこか腹をくったような顔つきになっていた。

「わかった。この件はいったん持ち帰ってくれ」

「も、持ち帰るのか？」

忘れてくれ、ではないのか。持ち帰ってしまっていいのか。水に流した方がいいような気もするのだが。

持ち帰ったところで返答が変わるわけもないと口にしようとしたら、藤吾に片手を立てて制された。

「別に返事の内容を変えてほしいって言ってるわけじゃない。ただ、考えてみてほしい」

「な……何を？」

藤吾はすっかり気持ちを切り替えたのか、のんびりとテーブルに頬杖《ほおづえ》をついて「いろいろだよ」と笑った。

「いろいろ考えてみてくれ。俺と一緒に恋人として過ごしてみたら、十年後、二十年後にどう氷の解けてしまったウーロンハイを呆然とした顔で口に運んだ。

直前にとんでもない告白をされたのが夢か幻だったような気すらしてきて、光彦はすっかりあまりにも普段と変わらぬその姿に、光彦は狐につままれたような気分になる。

そう言って、藤吾はテーブルの上のメニューを眺め始めた。

「頭の固いお前には難しいだろうけど、頑張ってみてくれ」

「想像もつかない……」

なってるか、とか」


藤吾と会うといつも三時間は飲み食いして過ごすのだが、その日は一時間ほどで解散となった。いくら藤吾の態度が普段と変わらなくても、光彦の方が心ここにあらずでろくな受け答えができなかったせいだ。

藤吾と別れてタクシーに乗り込んでも、光彦の頭の中は藤吾のことでいっぱいだった。

(……藤吾が、俺のことを好き)

いったん持ち帰ってくれと言われたものの、どう頭を捻《ひね》っても自分と藤吾が恋人同士になる光景が想像できない。だって男同士だ。そこで思考が停止する。政治家の息子として普通からはみ出さぬよう厳しく育てられてきた弊害《へいがい》が、こんなところで出てしまう。

大学卒業と同時に実家を出て、すでに六年以上が経《た》つ。家族に会う機会など盆暮れ正月くらいで、先日も久々に見合いの件で実家に電話をした程度のつながりしかないのに、思考の根っこは未だ家族に握られたままだ。

家族以外の誰かの意見が聞きたくなって、光彦は勢いよくタクシーのシートから身を起こした。

「すみません、行き先の変更をお願いします」

運転手にそう告げて、やってきたのは小さなアパートの前だ。さびれたアパートは二階建てで、全部で八戸《こ》しか部屋がない。

光彦は二階の一番奥にある部屋のチャイムを鳴らす。時刻は二十二時を過ぎたところで、独り暮らしの女性の部屋を訪ねるにはいささか遅すぎる自覚はあったが、タクシーの中で事前にメッセージを送っていたおかげであっさり玄関の戸は開かれた。

現れたのは上下揃いの黒いジャージを着た女性だ。眼鏡をかけ、長い髪を後ろで一本に束《たば》ねた女性は、光彦を見ると化粧っけのない顔に親しげな笑みを浮かべる。

「久しぶり。珍しいね、あんたから『会いたい』なんて連絡くれるの」

そう言って光彦を出迎えてくれたのは、従姉妹の柚希だった。

「急に申し訳ない」と光彦は深夜の訪問を詫びたが、柚希は気にした様子もなく光彦を部屋の中へと招き入れてくれた。

柚希の部屋の間取りは１Ｋだ。八畳《じょう》ほどの部屋にはベッドと机、それから本棚くらいしか家具がない。柚希の実家とは大違いだ。

親族に医者が多い柚希の家は庭つきの豪邸で、柚希自身子供の頃は勉強漬けの日々を送っていたらしい。将来は医者か、あるいは医者の妻になることを半ば義務づけられていた柚希が、小説家になって実家と縁を切ったのはもう十年近く前の話だ。

柚希の部屋の壁際には大きな本棚が置かれ、収まりきらなかった本が床に積み上げられている。部屋にはゴミもなく基本的に片づいているのだが、本の量が尋常でない。

本棚の近くには座椅子が一つ置かれていて、「そこ座っていいよ」と柚希に指を差された。柚希はパソコン机の前に置かれたキャスターつきの椅子に座り、その上で胡坐《あぐら》をかいた。

「で、急にどうしたの？」

座椅子に腰を下ろした光彦は子供のように膝を抱え、しばし宙に視線をさまよわせてから小さな声で言った。

「実はさっき……告白されたんだ。でも、その相手が……俺と同じ、男で」

「それって藤吾君のこと？」

一発で言い当てられて息を呑んだら、妙なところに唾《つば》が入って激しくむせた。

「ど、どうして、藤吾だと？」

「そりゃ昔から藤吾君、あんたへの好意がダダ洩れだったから。むしろようやく告白したかって感じだけど」

「そ、そうだったのか……!?」

光彦と違い、柚希は藤吾の恋心に気づいていたようだ。藤吾が同性愛者であるということに驚きを受けてすらいない。

ならば相手を伏せる必要もなかろうと、光彦は姿勢を正して「藤吾から告白された」と言い直した。

「でも柚希ちゃん、世の中にはまだまだ根強い偏見があるし、男同士で幸せになれるとは思えないだろう？　同性二人で生きていこうとすれば苦労の方が多いはずだ。あいつのためにも、告白は断るべきだと思ってる。……それで間違ってないよな?」

最初は断固とした口調だった光彦だが、だんだんと声が揺れ、最後は縋《すが》るような調子になってしまった。

柚希は椅子の上で胡坐をかいたまま、さほど興味もなさそうな顔で首をひねる。

「そうすべきかどうかは知らないけどさ、光彦は藤吾君のこと好きじゃないの?」

「好きだ」

即答してから、慌てて「でもそういう目で見たことはない」とつけ加える。

「だったらこの機会にそういう目で見てみたらいいじゃん。藤吾君が恋人って、どう?」

「どうもこうも、あいつは男だ。恋愛は同性同士でするものじゃない」

「相手が誰であれ、同性なのがよろしくないってこと?」

真顔で頷く光彦を見て「相変わらず石頭だねぇ」と柚希はけらけらと笑った。

対する光彦はにこりともせず、思い詰めた表情でぶつぶつと呟く。

「藤吾みたいな男は結婚して、家庭を持って、子供を育てて……そういうまっとうな人生がお似合いだろう。それなのに、俺のせいか？　俺が無意識のうちにあいつに気を持たせるようなことをしてしまったのか？　だとしたら責任を取りたい。藤吾をまっとうな道に戻さなければ……」

独白めいた光彦の言葉を聞き咎《とが》め、柚希が片方の眉を上げる。

「あんたの言う『まっとう』がどんなもんだかよくわかんないし、盛大に余計なお世話だと思うけどね」

「余計なお世話でも放っておけない。藤吾は俺の親友なんだから」

「親友？」

さも意外な言葉を聞いたとばかりに柚希は声を高くする。

「そうだ。俺と藤吾がただの友人だとでも？」

「いや、そうじゃないけど……あんた、あれだけ藤吾君にべったりなのに無自覚なんだ。いやぁ、親友の定義は広いねぇ……」

「柚希ちゃんはさっきから何が言いたいんだ？」

「別に。私が何を言ったところであんたが認めなかったら意味もないしね。それより、その話を聞かされた私はどうしたらいいわけ？　光彦の考えは正しいって太鼓判でも押せばいいの？」

そうだった、と光彦は座椅子の上で正座をした。

「藤吾から聞いたんだが、柚希ちゃん、イタコ小説を書いてるんだろう？」

「リアル夢小説のことね。書いてるよ」

「俺たちの小説も書いてほしい」

柚希は目を瞬《しばた》かせ、机に凭《もた》れていた体を起こした。

「……光彦と藤吾君の小説ってこと？」

「そうだ。俺が藤吾の告白を断ったあとどうなるか、小説に書き起こしてほしい」

イタコ小説が現実になった例がいくつかある、と居酒屋で藤吾は言っていた。そんな霊感めいた力が柚希にあるなんて本気で信じたわけでもないのだが、今は藁《わら》にもすがりたい気分だった。

道を踏み外しかけている親友を止めるのは正しいことだ。そう思うのに、次に藤吾に会ったとき、また改めて告白を断らなければならないのだと思うと二の足を踏む。どんな種類の好意であれ、親友から向けられるそれを無下《むげ》にするのは忍びない。

何かに背中を押してもらいたくなって、思いついたのが柚希のイタコ小説だった。

イタコ小説の真偽のほどはこの際どうでもいい。柚希は藤吾とも旧知の仲だし、光彦が藤吾からの告白を断った後どんな展開が待ち受けているか、霊感など使わなくても大方の想像はつくだろう。

「俺に振られて、我に返った藤吾がまっとうな幸せを手に入れる小説を書いてほしい」

「小説を書くのは構わないけど、イタコ小説は内容に関するオーダーは一切受けつけてないよ。一度納品した作品は手直しもしない」

椅子の上から光彦を見下ろし、柚希は軽く首を鳴らす。

「なんたってイタコ小説だからね。どんな結末になったとしてもクレームはつけないで」

ちなみに、と柚希は目を細める。

「現時点では、私にだってあんたたちの物語がどんな内容になるか、全くわかってないからね」

そう言って、柚希は楽しそうに笑った。


イタコ小説を依頼してから一週間後の土曜日、柚希からメールが届いた。メールの本文は簡潔で、イタコ小説を納入する旨《むね》と原稿料、振込先が記載されていた。

光彦は自宅でノートパソコンを立ち上げ、緊張した面持《おもも》ちで添付ファイルを開く。

特にタイトルもなく始まった小説は一人称で、意外な事に主人公は光彦ではなく、藤吾だった。

物語は藤吾の回想シーンから始まる。その内容に、光彦はゆっくりと目を通した。

＊＊＊

出生体重が四千グラムを超えると、その赤ん坊は巨大児と呼ばれるらしい。

俺は巨大児でこそなかったが、三千九百グラムというなかなかの重量でこの世に生を受けた。その後も一日三十センチ伸びると言われるタケノコのごとく奔放《ほんぽう》に成長して、小学四年生になる頃には身長百七十センチを超え、五年生ともなるとランドセルを背負うのが窮屈《きゅうくつ》になって、ショルダーバッグを使うようになった。

いつものように肩から黒いカバンをかけ、ぼんやり通学路を歩いていたらいきなり黒服の男に取り囲まれた。険《けわ》しい顔で「どちらまで行かれますか」などと詰め寄られる。

相手と俺の身長差はさほどなかったが、見た目はどうあれこっちは小学五年生。何事かとうろたえて返事もろくにできずにいたら、俺を囲む黒服たちの背後から凛《りん》とした声が響いてきた。

「やめろ、それは僕と同じクラスの相良《さがら》君だ」

居並ぶ大人たちを押しのけ、「すまない、迷惑をかけた」と大人びた口調で俺に告げた相手こそ、光彦だった。

光彦とは五年生で初めて同じクラスになったのだが、その瞬間までほとんど面識はなかった。

光彦は休み時間まで教科書を開いて勉強をしていたし、掃除の時間なども無駄口を叩かず黙々《もくもく》と作業をするので喋《しゃべ》る機会すらなかったのだ。学校が終わると誰に声をかけるでもなくひとり教室を出ていく姿を見て、きっと同年代の子供たちには興味も関心もないのだろうと思っていた。

そんな光彦に、相良君、と名前を呼ばれて驚いた。一度も口を利《き》いたことすらなかったのに、よもや名前を覚えてもらえているとは。

黒服たちは光彦の護衛だそうだ。ランドセルを背負っていない百七十センチ超えの俺が小学生とは露《つゆ》とも思わず、光彦の後をつける不審者とみなして声をかけてきたらしい。

背後に黒服たちを従えたまま、流れで一緒に帰ることになった。

「よく俺の名前覚えてたな?」と声をかけると、きょとんとした顔で「クラスメイトの名前くらい普通覚えているだろう」と返された。だったら他のクラスメイトの名前も言えるかと尋ねれば、すらすらと全員の名前を諳《そら》んじられた。それどころか、クラスメイトの親がどんな職業についているかまで列挙《れっきょ》される。

どこでそんな情報を仕入れてくるのかと驚く俺の前で、光彦は「これくらい当然だ」と胸を反《そ》らした。その得意げな横顔を見て、なんだ、こいつ意外と普通の奴じゃん、と思ったことを覚えている。

そんなことがきっかけで、俺たちは一緒に登下校をするようになった。

他愛《たわい》のないお喋りをしながら、隣を歩く光彦の横顔を何度も盗み見た。

子供心に、美しい横顔だと思った。一度もそう口にしたことはなかったが、繰り返し横目で盗み見ては見惚《みと》れた。

光彦を遠巻きにしているクラスメイトたちは、光彦の睫毛がこんなにも長くて、目を伏せるとその先端が繊細《せんさい》に震えることをきっと知らない。気難しそうな顔をして、俺の下らない冗談に声を立てて笑うことも、笑うと唇が綺麗な弓なりになることも。

思いがけず手の中に転がり込んできた宝石を、ポケットに隠して登下校しているような不思議な高揚を覚えた。

一緒に過ごす時間が増えるにつれ、光彦の淋しい境遇もわかってきた。

学校にはたびたび生徒の親がやってくる。授業参観だとか運動会だとか学芸会だとか、行事のたびに両親や祖父母がぞろぞろと。

でも俺は、光彦の家族が学校に来たところを見たことがない。

光彦が読書感想文で金賞をもらっても、運動会のリレーでアンカーを務めても、学芸会で主役に抜擢《ばってき》されても、光彦の家族は誰もその勇姿《ゆうし》を見にきてくれなかった。

それでも光彦は休み時間まで勉強することをやめなかったし、クラブ活動や委員会の仕事もきっちりこなし、給食は残さず、教室掃除の手も抜かなかった。

光彦はよく、「普通でいなければ」と言っていたが、光彦の言う「普通」は「非がないこと」であって、言葉を変えれば「完璧である」ということだった。

光彦は、いつも完璧であろうとしていた。少しでも努力の手を緩《ゆる》めれば家族から見放されると頑《かたく》なに信じ、小さな失敗すら恐れて常に気を張っていた。

それでいて、俺の隣でだけは気を抜いたように笑うから目を離せなくなった。友情が独占欲になり、やがて恋心になるのにさほど時間はかからなかったように思う。

光彦は大人になっても完璧であろうとし続けた。大学を卒業した後は両親の望む通り一流企業に就職して、睡眠時間を削《けず》って仕事に励《はげ》み、プライドもクソもない謝罪に奔走《ほんそう》して、意に沿わない結婚すらも家族のために快諾《かいだく》しようとしていた。

そんな光彦を黙って見ていられず、長年胸に秘めていた想いを打ち明けてしまったのはもう、四十年以上も前のことだ。

今年で七十を迎えた俺の手元には、光彦の結婚式の写真がある。

俺の想いは光彦に届かず、光彦は見合い相手と結婚した。結婚式に俺を呼んでくれたのは、このまま縁を切らずにいられるようにという光彦なりの恩情だったのだろうか。

結婚式こそ出席したものの、その後はなんだか顔を合わせづらくなってしまい、もうずいぶん長いこと光彦とは会っていない。

光彦に振られた後、俺は黙々と仕事をした。

恋人を作ることもなければ、光彦のように結婚することもなく、友人ともすっかり疎遠《そえん》になった。定年を迎えた今は、アパートで独り暮らしをしている。

長年の不摂生《ふせっせい》がたたったか、最近は体調を崩しがちだ。医者に行くのも億劫《おっくう》で、痛む体をだましだまし生活している。

毎日誰に会うこともなく一日が終わる。誰かの声を聞きたいと思うときもあるが、気楽に連絡の取れる相手もいない。テレビの声はやかましいばかりで、結局光彦の結婚式の写真など眺めているうちに日が暮れる。

花嫁がお色直しに行った後、白いタキシードを着た光彦と二人で写真を撮った。写真の中で、光彦は幸せそうに笑っている。

式の最中も終始《しゅうし》笑顔だった光彦が、まさか四十代の半《なか》ばで離婚するなんて思ってもいなかった。原因は奥さんの浮気らしい。

「わかんないもんだよなぁ」と写真を眺めて呟く。最近とみに独り言が増えた。

ゆっくりと日が沈み、物の少ないアパートの中に西日が射し込む。

俺の告白を退《しりぞ》けるとき「お前の幸せを壊したくない」と光彦は言った。俺のためを思っての言葉だろう。わかるけれど、写真の中の光彦にこう尋ねずにはいられない。

「……お前に背中を向けられて、俺はどうやって幸せになればよかったんだ?」

水気を失い、すっかりしわがれた声が一人の部屋に響いて消える。もう涙も出ねぇや、と苦笑いしたところで玄関のチャイムが鳴った。

ここのところすっかり足腰が弱り、買い物はネットスーパーで済ませている。今日は宅配の日だったろうか。記憶力も低下して、首を傾《かし》げながら玄関の戸を開ける。

直前まで眩《まぶ》しいほどの西日の中にいたせいか、薄暗い玄関先に立つ人物の輪郭《りんかく》はよく見えず、すぐには誰なのかわからなかった。

「藤吾《とうご》」

名前を呼ばれた瞬間、ようやく相手を理解した。

最後に会ったのは何年前だろう。十年、いや、もっと前か。最近体調を崩したせいで、俺はすっかり容姿が変わっていたはずだが、あいつは迷わず俺の名を呼んだ。遠い昔、突然黒服に囲まれてうろたえていた俺を「相良君」と呼んだときのように、迷いのない、きっぱりとした声で。

「……光彦?」

もうネットスーパーの配送員くらいしか訪ねてくることのない我が家のチャイムを、前触れもなく押したのは光彦だった。

暗がりに佇《たたず》む光彦の容姿もすっかり変わっている。皺《しわ》が増えたし、髪も真っ白だ。こんな古びたアパートを訪ねるのにスーツを着てくる馬鹿真面目なところだけは相変わらずか。

片手にステッキを持った光彦は、俺の顔をとっくりと見詰めてから、「突然すまない」と頭を下げた。

「昨日、高校の同窓会の幹事から連絡が来たんだ。藤吾が体調を崩したと聞いて、いても立ってもいられなくなった」

「ああ……同窓会の連絡ならうちにも来たな。俺は欠席するって伝えてるが」

「そんなに具合が悪いのか？」

深い皺が刻まれた光彦の顔に心配そうな表情が浮かぶ。年をとっても表情の作り方は変わらないようだ。懐かしさに、自然と目元がほころんだ。

「いや、別に大病を患《わずら》ってるわけじゃない。最近なんとなく調子がよくなかっただけだ。膝も痛《いて》ぇし、腰も痛い」

「ご家族は？」

「いねぇよ。ずっと独り身だ」

光彦は軽く息を呑み、ぎくしゃくと目を伏せた。

「……恋人も、いないのか？」

いない。いるわけねぇだろ。

苦笑交じりにそう答えるつもりだったのに、年を取るととっさの判断が鈍《にぶ》る。口ごもって不自然な沈黙が落ちてしまった。

だってなぁ、お前がそれを訊くのかよ。

光彦と会うのもきっとこれが最後だろう。いっそのこと最後に本音をぶちまけてやれと、乾いた唇をゆっくりと開いた。

「四十年も足掻《あが》いてみたが、俺にはお前を忘れることなんてできなかったよ」

俯《うつむ》いたまま、光彦が息を呑むのがわかった。

恨みごとのつもりはない。ただの事実だ。

伝える機会もないと思っていたが、棺桶《かんおけ》に入る前にこうして本人に伝えられてよかったのかもしれない。これでもう悔いもない。

茶でも飲んでいかないかと引き止めるのも未練がましく、じゃあな、と告げてドアを閉めようとしたら、光彦の手からステッキが離れた。支えもなく足を踏み出した光彦がよろけるようにこちらに手を伸ばしてきて、とっさに腕を伸ばしてその体を支える。

記憶よりも光彦の体は細く、軽い。自分の腕もすっかり筋肉が落ち、昔のように軽々とは光彦を支えられない。二人してよろよろと玄関の中に入り、どっと壁に背中をつけてなんとかその場に踏みとどまる。

尻もちなんてつかずに済んでよかった。こんな年になっても好きな相手の前では格好つけたいものなんだな、と苦笑して、すぐに笑いを引っ込めた。光彦が泣いていたからだ。

「どうした。どっかぶつけたか？」

「……違う。この期《ご》に及んで、喜んでいる自分に呆れている」

光彦が何に喜んでいるのか見当もつかず目を瞬《しばたた》かせると、俺の腕を掴む光彦の指先に力がこもった。

「藤吾が体調を崩していると聞いて、じっとしていられなくなった。お前が一人で苦しんでるんじゃないかと思ったら心配で、そばで面倒を見てくれる相手がいるのか確かめずにいられなくなって、連絡もせずこんなところまで押しかけて……」

「せっかく心配して来てくれたのに、何ひとつ安心させられなくて悪かったなぁ」

いわゆる独居老人《どっきょ》だ。自虐《じぎゃく》気味に笑ったら、光彦に首を横に振られた。

「正直言うと、ほっとした。お前がまだ一人でいたことも、俺のことを切り捨てていなかったことも」

手の甲で涙を拭《ぬぐ》った光彦が俺を見る。意志の強そうな表情は昔のままだ。少し黒目の縁が白くなったか。睫毛が長いのは変わらない。

「何十年ぶりかに藤吾と話をしてようやくわかった。気づくのが遅くなってすまない。俺も、俺も藤吾のことが好きだ」

年を経《へ》て、外見が変わっても、光彦は変わらず光彦のままだ。言葉も視線も、まっすぐ俺の胸を打つ。

何も言わない俺を見上げ、光彦が不安げに眉を下げる。

「もう、遅すぎたか……？　今更俺と一緒に過ごそうなんて、思えないか……？」

光彦は学生時代からずば抜けて頭がよかったが、ときどきこんな馬鹿なことを言う。何が遅すぎるだ。何が今更だ。

俺がこの瞬間をどんなに待っていたかも知らないで。

光彦の手を取って、溜息のような笑みをこぼす。

「遅くなんかねぇよ。棺桶に入る前に、お前が自分の恋心に気づいてくれてよかった」

両手で光彦の手を包む。こうして互いに手を触れ合わせるのは初めてだ。出会ってからもう、何十年も経《た》つというのに。

目の端にじわりと涙が浮かんだ。絞《しぼ》っても何も出ないカラカラの爺《じい》さんになったと思っていたが、人生何が起こるかわからない。

光彦の手も皺だらけだ。でも俺の手を握り返すその指先は、驚くほどに力強かった。

〜Happy end〜

＊＊＊

小説を読み終わった直後、光彦は柚希に電話をかけた。かけざるを得なかった。

数回目のコールで電話がつながるや、光彦は柚希が声を上げるのを待たずに叫ぶ。

「これはハッピーエンドなのか？　本当にそうなのか⁉」

『あ、もう小説読んだの？　早いね』

「ていうか柚希ちゃん、いつも小説のラストにハッピーエンドって書くのか？」

『いや、いつもは書かないんだけど、ラストまで書き上げて読み返してみたら、これはハッピーエンドだわ、と思ってつい』

「書くべきじゃない！　その判断は読者に委《ゆだ》ねてくれ！　俺には到底《とうてい》ハッピーエンドとは思えなかった……！」

『あのラストじゃ不満？』

「ラストというか、そこに至るまでの藤吾の人生があまりにも不憫《ふびん》じゃないか⁉」

作中の藤吾は一度も結婚することなく、定年退職をした後は一人きりで古いアパートで暮らしていたようだった。親しい友人もなく、日がな昔の写真など眺めて過ごしているなんて淋しすぎる。しかもその写真は、かつて想いを寄せていた相手の結婚式の写真だ。

すべて柚希の創作でしかないと理解してもなお、晩年の藤吾の生活があまりにも孤独で、侘《わび》しくて、小説を読んでいる最中何度も目頭《めがしら》が熱くなった。

「まさか晩年の藤吾の、こんな淋しい姿を見せつけられることになるとは……」

『着眼点《ちゃくがんてん》はそこなんだ？』

「他にも気になるところがなかったわけじゃない。俺が離婚しているところとか」

『ああ、あそこの件は私もちょっと笑った。光彦は堅物《かたぶつ》で面白くなくて女心がわかってなさそうだし、いかにも浮気されそうだよね』

自分で書いた小説なのに、まるで他人が書いたような言い草なのは憑依《ひょうい》型の執筆をする柚希ならではだろう。原稿を書いている最中は神懸かったような状態になり、後から文章を読み返して「こんなこと書いたっけ?」と首を傾げることも珍しくないそうだ。

「それから、もう一つ気になったんだが」

『返品と書き直しは受けつけないよ』

「別に書き直してほしいわけじゃない。ただ……俺の子供時代ってこんな感じだったか?」

柚希はあっさり『こんな感じだね』と返す。

『何か違った? 光彦、小学校は藤吾君と同じ都立の学校に通ってたよね?』

光彦の兄は幼稚舎《ようちしゃ》から大学までエスカレーター式の私立学校に通っていたが、光彦は都立小学校に通っていた。

なぜ兄と同じ私立に通わなかったかと言えば、父の選挙活動中『私の息子も近所の小学校に通っておりまして』などとマイク越しに言った方が有権者《ゆうけんしゃ》に親しみを持ってもらえるから、というくらいの理由しかない。

光彦が物心ついたときから、父親の後は兄が継ぐことに決まっていた。だからこそ、両親は兄に一流の教育を施《ほどこ》したし、兄の学校行事にも欠かさず顔を出した。おかげで光彦にまで手が回らず、両親が一度も光彦の学校に足を向けたことがなかったのも事実だ。

その罪滅ぼしのつもりか知らないが、両親は光彦の登下校に護衛をつけた。しかしそれも光彦が周囲から浮く理由になり、小学校時代はほとんど友達ができなかったものだ。

「書いてあることはほとんど事実だが、俺はここまでかわいそうじゃなかったぞ？　家族が学校に来ないこともちゃんと納得していたし」

『あんたが気にしてなくても、藤吾君にはそんなふうに見えなかったんでしょ。言っとくけどその小説、単なる創作じゃなくてイタコ小説だからね。当時の藤吾君の視線を切り取ったらそうなった』

「……そう言えばそういう体《てい》だったな」

『体って何よ？』

柚希に本物の霊感があるなんて端《はな》から信じていなかったはずなのに、小説を読んでいる間、本気で藤吾の未来に起こる出来事を読んでいる気分になっていた。

『とりあえず原稿料は銀行口座に振り込んでおいて』と言い残して柚希は電話を切ってしまい、光彦はダイニングチェアに凭《もた》れかかった。

1LDKの自宅マンションで、ダイニングのテーブルにノートパソコンを広げた光彦は改めて画面に目を向ける。画面には柚希から送られてきたテキストファイルが広げられたままだ。

一人称の小説だからか、無意識に藤吾の声で文章を読んでいた。作中の藤吾は七十歳だが、頭に響くのは現在の藤吾の声だ。少し掠《かす》れた低い声。言葉遣いこそぶっきらぼうだが、声の調子は穏やかだ。

読めば読むほど年老いた藤吾の姿がありありと目に浮かんでしまい、こういう未来もあり得るのではという思いが強くなる。自分は藤吾に幸せになってほしくて告白を退けようとしているのに、こんな老後はあまりにも淋しい。

（……いや、全部が全部本当になるわけじゃないんだ。そう真剣にならなくても……）

自分に言い聞かせつつも、光彦は何度も小説を読み返してしまう。

小説の中で、藤吾は切々《せつせつ》と光彦への想いを語る。書いたのは柚希だとわかっていても、過去の描写がやけにリアルで現実と混同しそうだ。

このまま藤吾の告白を断っても、この物語のように、何年も、何十年も、藤吾は自分を諦めないのか。

（……まさか。藤吾ほどの男が、俺なんか）

でももしも本当に、四十年後の藤吾がまだ一人で自分のことを想っていてくれたら。想像して、光彦は苦しい息を吐く。

すっかり日が落ち、室内の光源がパソコン画面から漏れる薄青い光だけになっても、光彦は飽きることなく小説を読み続けた。

イタコ小説を読んだ光彦《みつひこ》は、その日のうちに藤吾《とうご》に『会って話がしたい』とメッセージを送った。理由も何も書かなかったが、すぐに藤吾から『明日の午前中でよければ時間あるぞ』と返信があって、早速《さっそく》翌日藤吾と会うことになった。

子供の頃は近所に住んでいた二人だが、就職を機にお互い実家を離れ、今は電車で三十分ほど離れた場所に住んでいる。待ち合わせ場所は藤吾の最寄り駅近くにある公園だった。

時間より少し早く到着した光彦は、公園の隅に置かれたベンチに腰を下ろす。休日なのでさすがにスーツは着てこなかったが、スラックスに白いシャツ、足元は革靴と、仕事中とさほど変わらぬ服装だ。

周囲を木々に囲まれた公園は遊具《ゆうぐ》が少なく、ベンチと砂場、それから滑《すべ》り台があるくらいだ。そのせいか、せっかくの秋晴れなのに子供どころか利用者の姿もない。

藤吾を待ちながら、光彦はイタコ小説の内容を反芻《はんすう》する。

藤吾から告白されたとき、自分が申し出を断りさえすれば藤吾も我に返ると思っていた。男同士なんてやっぱり普通ではなかったと正気に戻れば、あっという間に恋人を作って、結婚して、幸せな家庭を築くだろうと安易に考えていたが、ことはそう単純な話ではなさそうだ。

(一方的に断るだけじゃ駄目だ。もっときちんと藤吾と話をしないと……)

真剣な顔でそんなことを考えていたら、公園に藤吾がやってきた。十月に入ってさすがに風が冷たくなってきたというのにまだ半袖《はんそで》のTシャツを着て、ワークパンツにサンダルを履《は》いている。

よう、と軽く手を上げて近づいてくる藤吾に、光彦も手を上げて応《こた》えた。

「お待たせ。午前中しか空いてなくて悪いな。今日は午後から仕事なんだよ。お客さんの方でトラブルが出たらしくて」

「そんなときに無理に呼び出してしまってすまん。このまま会社に行くのか？」

「いや、いったん家に戻るけど？」

光彦の隣にどかりと腰を下ろし、「なんで？」と藤吾は首を傾《かし》げる。

隣り合って座るなんてこれまでも当たり前にしてきたのに、なんだかいつもより藤吾との距離を意識してしまって、光彦は視線を泳がせた。

「今日は外で待ち合わせだったから、珍しいな、と思っただけだ。こういうとき、いつもならまっすぐ藤吾の部屋に行くだろう？」

藤吾が軽く眉を上げる。驚いたような顔はすぐに気の抜けた表情に変化して、藤吾は「なんだ」と肩を落とした。

「告白なんてした直後だから、自宅に呼んだら警戒されるかと思ってわざわざ公園を指定したのに、いらん気遣いだったみたいだな」

「そんな心配してたのか？」

気にし過ぎだ、と笑ってやろうとしたが、藤吾が隣に座っただけで上手く目も合わせられなくなったことを思えば的確な気遣いだったのかもしれない。

「でもこうして光彦から声がかかってホッとした。あんな告白しちまったら、もう二度と会ってもらえないかと思ったからな」

木々に囲まれた公園内を風が渡り、藤吾の前髪をかき分けた。形のいい額《ひたい》と、優しく目尻の下がったその横顔を見て、柚希《ゆずき》の小説にあった一節を思い出す。

美しい横顔。小説の中で、藤吾は自分の横顔をそう評してくれた。

木漏《こも》れ日《び》に照らされる藤吾の横顔を見て、藤吾が見ていたのもこんな無防備な横顔だったのだろうかと思う。

「それで、今日は急にどうした？」

前を向いたまま、藤吾が視線だけこちらに向けてくる。どきりとして、光彦も慌てて正面に顔を向けた。

「藤吾にいろいろ、聞いておきたかったんだ。どうして俺を好きになったのか、とか……。きっかけとかあるのか？」

唐突な質問にも藤吾は慌てるでなく、腕を組んで真剣に考え始めた。

「きっかけねぇ。あったような、なかったような。気がついたらいつの間にか……？　さすがに中学を卒業する頃には自覚してたか」

「軽く十年以上前じゃないか?」

気の迷いと呼ぶには長すぎる期間だ。驚いて顔を上げると、こちらを見ていた藤吾と目が合った。

斜め上から光彦の顔を覗き込み、藤吾は緩《ゆる》く目を細める。

「小学校からの帰り道、隣を歩くお前の横顔があんまり綺麗で、うっかり見惚れたのがきっかけかもな」

他愛もないだろう、と藤吾が苦笑する。けれど光彦は動けない。柚希の小説にも似たような一節があったからだ。

「あとはそうだな……お前がわりと淋しい身の上なんだって気づいて放っておけなくなったってのもあるかな。お前の家族、全然学校に来てくれないし。それなのにお前は文句も言わず黙々と努力してるだろ? その姿があんまりにもいじらしくて、せめて俺だけでもこいつの努力と成果を見届けて褒《ほ》めてやりたいって気分になった」

藤吾の言葉には柚希の書いた小説とかなり重なる部分がある。イタコ小説なんて九割九分《ぶ》信じていなかったが、これでは信憑性《しんぴょうせい》が増すばかりだ。

同時に、長年傍《かたわ》らにいた藤吾が自分をどんなふうに見ていたのかを初めて知って、胸が詰まった。

「お前が何かやり遂《と》げたとき、『どうだ!』って胸張って一番に報告に来る相手は俺であればいいって、ずっと思ってた」

そんな言葉を口にする藤吾の表情は底なしに優しくて、見詰め合っているとだんだん照れくさくなってきた。こうなると、どうして自分を好きになったのかなんてわざわざ藤吾に言わせてしまったことも猛烈に恥ずかしくなり、光彦は慌てて話題を変える。

「ち、ちなみに、藤吾は自分の出生体重とか、覚えてるか……？」

「また急に話が飛んだな？」

「割と重要なことだ」

出生体重が？　と首を傾げたものの、藤吾はさらりと答えを返してくれた。

「三千九百グラムだったかな。めちゃくちゃデカくて大変だったってよくうちのお袋が言ってたから」

「さ、三千九百……！」

「あと百グラム重かったら巨大児って呼ばれたらしいぞ」

小説の中でも藤吾は同じことを言っていた。出生体重までぴたりと一致している。

（なんだこれは、柚希ちゃんは藤吾の出生体重を知っていたのか？　それとも偶然？　まさかイタコ小説は、本物なのか……？）

あり得ない。単なる偶然だ。

それでも光彦は、この偶然の一致を一笑に付《ふ》すことができない。万が一、あの小説の筋書きをなぞるように藤吾が孤独な人生を送ることになったら。想像するだけで胸を絞《しぼ》られるような気持ちになる。

親友である藤吾に幸せになってほしい。光彦の願いはそれだけだ。

(藤吾の告白は断るべきだ。藤吾には、周囲の目を憚《はばか》ることなく大手《おおで》を振って生きてもらいたい。でも、そうすることで藤吾の人生が淋しいものになってしまったら、俺は……)

俯いて考え込んでいると、藤吾にぽんと背中を叩かれた。

「悪いな、無駄に悩ませて。こうなるのがわかってたからずっと告白もしないでいたんだが、さすがに今回は黙ってられなかった」

ゆるゆると顔を上げた光彦は、藤吾が怒ったような顔をしているのを見て息を呑んだ。気が長くて器《うつわ》の大きい藤吾が不快感をあらわにすることなど滅多《めった》にない。

「な、なんだ、何を怒ってるんだ?」

「怒っちゃいないが、お前が結婚まで親の勧《すす》めに従おうとしてるとなれば、さすがに看過《かんか》できないだろ」

藤吾は眉間《みけん》に皺《しわ》を寄せ、光彦の胸を人差し指で軽く押した。

「お前は自分の欲求をもっと前に出せ。結婚相手なんて一生連れ添う相手だぞ? こんなときまで親の意見を尊重《そんちょう》するな、自分で決めろ」

「……っ、だ、だが」

光彦はこれまで何かを決めるとき、必ず親に意向を尋ねてきた。自分で判断を下して間違えるくらいなら、親に従う方がずっといい。

そう信じ込んでいる光彦の胸の内を読んだように、藤吾は立て続けに言う。

「もうとっくに実家も出て自立してるんだ。そろそろ親とか周りの目とか気にするのはやめたらどうだ。光彦はもっと好き勝手やった方がいい。俺を見ろよ。望みもないのにお前に告白して、困らせて、でもこの通りぴんぴんしてるだろう？　ちょっとやそっと他人に迷惑をかけたところで死にやしない。俺なんて、積年《せきねん》の想いを口にできてすっきりしてるくらいだ」

本当にさっぱりした顔で笑う藤吾を見上げ、光彦は目を瞬かせた。そして唐突に気づく。

もしかすると藤吾は、この言葉を自分に伝えたいがために告白などしてきたのではないか。

初めから見込みがないのも承知の上で。

(俺がいつも、家族や親族や、周りの目ばかり気にしているから……？)

そんなことのために、長年胸に秘めてきた想いを打ち明けてくれたのか。

想いばかりではない。自分の性的指向まで晒《さら》してみせたのだ。光彦がそれを周囲に吹聴《ふいちょう》する可能性だって考えなかったわけではないだろうに。

(……いい男だな)

心底そう思った。恋愛的な意味は含んでいなくとも、その男気に惚れ惚れする。

こんなに人間ができた男、きっと女性だって放っておかないだろうにもったいない。だからつい、こんなことを尋ねてしまった。

「藤吾は、女性は恋愛対象にならないのか？」

「どうかな。何回か女性とつき合ったことはあるが、どうもぴんと来なかったな」

口ごもることもなく即答され、光彦はびっくりして藤吾の顔を見返した。

「え、そ、そうなのか？」

「大学の頃にちょっとな。お前と会う機会もめっきり減って、いい加減お前のこと諦めなくちゃいけないんだろうな、なんて思ってたときに相手から告白されたんだ。その後も何人かから声をかけられて、つき合ってみた」

光彦はとっさに表情を作ることもできず、たった一言「そうか」と言い返すまでに長すぎる沈黙が生じてしまった。

（そ……そうだったのか。藤吾には、恋人がいたのか。それも、何人も……）

藤吾ほどの男なら恋人の一人や二人いてもおかしくないだろうと思う反面、そのことを一切教えてもらえていなかったことに衝撃を受けた。

藤吾と同じ学校に通っていたのは高校までで、それ以降会う頻度《ひんど》が減っていたのは事実だ。とはいえ大学時代も就職後も都合がつけば顔を合わせていたし、お互い仕事の愚痴《ぐち》や成果をあれこれ話し合っていた。

だから藤吾のことはなんでも知っているような気になっていたが、そんなことはなかったらしい。まさか恋人がいたなんて。

（……恋人がいる間は、俺のことは好きじゃなかったってことか？）

ふとそんな考えが頭を掠《かす》めてぎょっとした。

藤吾の想いを受け入れることもできないくせに、一瞬でも藤吾が目移りしたのだと思うともやもやする。この嫉妬めいた感情はなんだろう。親友を他の誰かに取られてしまった感覚に近いだろうか。

「光彦？　どうかしたか？」

藤吾は自分の言葉がどれほど光彦に衝撃を与えたかわかっていない様子で、不思議そうにこちらを見ている。

うろたえているのは自分ばかりだ。そのことを藤吾に気づかれたくなくて、光彦は努《つと》めて平静を装《よそお》った。

「じ、女性とつき合ったことがあるのなら、結婚だってできるんじゃないか？　家庭を持つのも悪くない、と、俺は思うぞ……？」

駄目だ、喉が震えて声が裏返ってしまった。指先まで震えそうで、両手を組んで強く握りしめる。

こんな様《ざま》では藤吾を説得することもできないと歯噛みしたが、藤吾から返ってきたのは予想外に軽やかな反応だった。

「じゃあ、結婚相談所にでも行ってみるか」

「えっ」

突っぱねられるかと思いきや、藤吾の方から結婚相談所なんて持ち出してくるものだから目を丸くした。意外に乗り気ではないか。

藤吾をまっとうな道に戻せるのだから喜ぶべきところなのだろうが、なんだか肩透かしを食らった気分だ。空漠《くうばく》としたこの気持ちは落胆にも近い気がして困惑する。

「そういう光彦の見合い話はどうなってるんだ?」

うろたえる光彦をよそに、藤吾は普段と変わらぬ調子で尋ねてくる。

「み、見合いの話は、その後特に音沙汰《おとさた》がない。見合いを勧めてくれた上司とは毎日顔を合わせてるんだが何も言ってこないし、酒の席の話だったし、もしかすると本人も忘れている可能性も……」

「なんだ、そんな感じなのか。だったら焦《あせ》って告白することもなかったな」

肩を竦《すく》めた藤吾が天を仰《あお》ぐ。目を閉じて、木々の間からこぼれる日差しを瞼《まぶた》で受け止める姿は無防備そのものだ。

藤吾の恋人たちも、藤吾のこんな顔を見ただろうか。親友である自分よりももっと近い距離で。

藤吾に恋人がいたとわかったら、これまで考えたこともないことが頭に浮かんだ。自分でもなぜそんなことを考えてしまうのかわからずやきもきしていたら、藤吾にゆったりとした口調で尋ねられる。

「光彦は恋愛経験あるのか？　誰かとつき合ったこととか」

滑《なめ》らかな曲線を描く藤吾の瞼を眺め、ない、と短く返す。

「初恋の相手は？」

「……これといった相手が思い浮かばない」

「じゃあ、好きでもなんでもない相手と結婚なんかしたら、お前は一生恋も知らないままなんだな」

その可能性は否めない。両親の勧めとあれば、光彦は見合い相手に好意を抱けなかったとしても諾々《だくだく》と結婚に踏み切るだろう。

頷いたら、その気配を察したように藤吾が瞼を上げた。光彦に顔を向け、唇に静かな笑みを滲《にじ》ませる。

「できるなら、俺がお前に恋を教えてやりたかったよ」

その表情も声も、とても落ち着いて穏やかだったのに、どうしてか胸に重たいパンチでも食らったかのように息が止まった。一拍遅れて心臓がドッと大きく脈を打ち、慌ててシャツの上から胸を押さえる。

動揺甚《はなは》だしい光彦をよそに、藤吾はのっそりとベンチから立ち上がる。

「悪い、そろそろ戻らないと午後の仕事に遅れちまう」

「そ、そうか、じゃあ、俺も……」

光彦も一緒に立ち上がろうとしたが、膝《ひざ》に力が入らない。ベンチから腰を浮かせた瞬間よろけてしまって、前のめりに倒れかけたところを藤吾に支えられる。

「大丈夫か?」

光彦の肩を掴む手は力強く、よろけた体を一瞬で安定させてしまう。

柚希の書いた小説に出てくる藤吾は違った。すっかり年を取り、ふらついた光彦を受け止めきれずに尻もちをつきかけていた。『昔のように軽々とは光彦を支えられない』という一文が、やけにリアルに蘇《よみがえ》る。

肩を掴む藤吾の手を見ていたら我慢できなくなって、光彦は無言で藤吾の手に自分の手を重ねた。驚いたように指先をばたつかせる藤吾の手を掴まえ、固く握手をする。

「……なんだ急に?」

心底わけがわからないと言いたげな顔で尋ねられたが、光彦だって上手く説明できない。

「こ、これまで一度も、こうやってお前と手をつないだことがなかったから……?」

柚希の小説を読んで、初めてその事実に気がついた。藤吾は自分の親友で、いつだって肩の触れ合う距離で過ごしていたが、手をつないだことすらなかったのか、と。そう思ったら急に、藤吾の手の感触を知りたくなった。

固くて分厚《ぶあつ》い藤吾の手をにぎにぎと握りしめていたら、いたずらな指の動きを封じるように強く手を握り返された。

痛いくらいの力に驚いて顔を上げると、藤吾の顔から表情が消えていた。我に返って手を引こうとしたが、逆にじりじりと手を引かれ、上体が藤吾の方へ倒れていく。

光彦、と低い声で名前を呼ばれ、互いの胸が触れ合う距離で囁かれた。

「お前に恋愛感情を抱いてる相手に、そう簡単に身体接触を許すなよ」

低い声にはかつてない熱がこもっていて、直接耳に声を吹き込まれたわけでもないのに耳の裏の産毛《うぶげ》が逆立《さかだ》った。

もう二十年近く一緒にいたのに、藤吾のこんな声も表情も初めてで動けない。抵抗も忘れてその顔を見上げていると、無表情だった藤吾の顔にふっと笑みが浮かんだ。

「無防備が過ぎると痛い目に遭《あ》うぞ」

光彦の手を解放して、「今回は忠告で許してやる」と藤吾は笑う。直前までの熱を感じさせない、秋の空のようにからりと乾いた表情で。

光彦は呆然と藤吾を見上げ、またふらふらとベンチに座り込んだ。ベンチから立っただけなのに、全力疾走《しっそう》した直後のように心臓が忙《せわ》しなく脈打って足に力が入らない。

「……俺はもう少し、休んでから行く」

「その方がよさそうだな。じゃあ、俺は仕事があるから先に行くぞ」

学生時代、下校途中の分かれ道で手を振るのと同じくらい軽い調子で藤吾は言う。直前の妙な空気を蒸し返したりしない。

つくづくいい男だ。幸せになってほしい。光彦は固く拳《こぶし》を握りしめると、公園を出ていく藤吾の背中に向かって声を張り上げた。

「藤吾、結婚相談所ちゃんと行けよ、絶対だぞ！」

藤吾は歩みを止めることなく振り返り、笑いながら「行くよ」と言った。

「お……っ、お前なら引く手あまただ！　自信を持て！」

「おー、ありがとうな」

気負った様子もなく頭の上で大きく手を振って、藤吾は公園を出て行った。

誰もいない公園に取り残された光彦は、ベンチに腰掛け藤吾の去っていった方へ視線を漂わせる。

風が吹くと公園の周囲に植えられた木々が揺れ、頭上からはらはらと落ち葉が降ってきた。足元に広がる水気のない落ち葉を見下ろし、無意識に詰めていた息を吐く。

（……これで間違ってない、よな？　俺のことなんて想い続けて独り身でいるくらいなら、結婚して誰かと生活した方がずっといい）

風が吹いて、足元に吹きだまった落ち葉が寄せては返す波のようにゆっくりと動く。不規則に動くそれをぼんやりと目で追っていたら、波間からぷかりと漂流物が浮かび上がるように、脳裏《のうり》にこんな考えが浮かんだ。

（でも、そもそも藤吾の恋愛対象は同性なんだよな……？　だとしたら、結婚しても相手に恋愛感情は抱けないってことか？）

女性とつき合ったことはあるものの、ぴんとこなかったと藤吾は言っていた。つき合った実績があるのなら、頑張れば女性とも恋愛ができるのだろうと思ったが、頑張らなければいけない時点で藤吾に無理をさせているような気もする。

（結婚した方がいい？　のか？　本当に？）

藤吾に結婚相談所へ行くよう勧めた自分の行動が正しいものだったのかどうか、俄《にわ》かにわからなくなってしまった。

光彦は頭を抱えて動けなくなる。頭に枯れ葉が落ちても反応せず、公園の隅に設置された銅《どう》像《ぞう》のごとく微動《びどう》だにしないまま過ごすこと約五分。

おもむろに顔を上げた光彦は、硬い表情で携帯電話を取り出し耳に押し当てた。数回続いたコール音が切れると、相手が声を発するのを待たず口早《くちばや》に告げる。

「柚希ちゃん、もう一回イタコ小説書いてくれないか！」

電話の向こうから、柚希の『ええ？』という面倒くさそうな声が響いてくる。

『一回納品した小説の手直しはしないって言ったじゃん』

「違う、手直しじゃなくて新しい小説だ。できれば藤吾が結婚している設定で」

『なんで？　また藤吾君と何かあった？』

「な、何、というか……」

光彦はしどろもどろで、藤吾に結婚相談所に行くよう勧めたことを口にする。たちまち、声だけでわかるくらい柚希の機嫌が急下降した。

『はぁ？　藤吾君が一生独身じゃかわいそうだから結婚を勧めた？　じゃああんた、結婚せず一人で生きていく人間は押しなべてかわいそうだとでも思ってんの？　偏見も甚だしいんだけど』

「そういうつもりでは……」

思いがけず強い口調で非難されてしまい、いよいよ自分の発言に自信が持てなくなってくる。

「でも、柚希ちゃんの小説を読んだらこのまま藤吾を放っておくことなんてできなかったんだ。あまりにも藤吾が淋しそうで、せめて誰かにそばにいてほしくて……」

力なく訴える光彦に柚希は鼻を鳴らす。

『誰かがそばにいてくれさえすれば幸せってこと？　そうかなぁ。私はそうは思わないけど。だってねぇ、一口に夫婦って言っても、いろんな形があるわけじゃない……？　他人がそばにいることで浮き彫《ぼ》りになる孤独だってあるわけだし……』

喋っているうちに、柚希の声が小さくなってきた。語尾もふわふわと曖昧《あいまい》になる。

これは、と光彦は息を呑む。柚希の会話が独り言に移行するのは、何か新しいネタが降ってくるときの前兆《ぜんちょう》だ。

『――わかった』

唐突に、柚希のきっぱりとした声が耳を打った。

『もう一本書いてあげる。藤吾君が結婚してる設定で』

「い、いいのか？　イタコ小説の内容に関するオーダーは受けつけてないんじゃ……」

『いいよ。あんたの言葉でネタが降ってきたから。その代わり特別料金とるけど。原稿用紙一枚につき千円――』

「支払う！」

柚希の言葉が終わるのを待たず食い気味に返事をすると、『はいよ、毎度あり』と平淡な声が返って来た。

柚希から二本目のイタコ小説が届いたのは、それから約一週間後の土曜日のことだ。

＊＊＊

居酒屋に入る前、光彦はいつもサッと辺りに目を走らせる。ネクタイの結び目の位置を直し、髪を手櫛《てぐし》で整え、背筋を伸ばしてからでないと店の戸を開けられない。

高校生のときからそうだった。学校帰りにコンビニやファーストフード店に入るとき、光彦はいつも周囲を見回してからドアを開ける。登下校中の寄り道は校則違反だから、近くに同じ学校の生徒や教員がいないことを確かめていたのだろう。そんな校則は形ばかりで、律儀《りちぎ》に気にしている生徒なんて光彦だけだったと思うのだが。

社会人になった今もなお、光彦は居酒屋に入るとき緊張した面持《おもも》ちをする。むしろ学生の頃より周囲の目を気にしているようだ。

人間、酔えばどうしても気が緩《ゆる》む。振る舞いがだらしなくなったり、うっかり口を滑《すべ》らせて失言したり、そういう自分の失態が政治家である父や兄の足を引っ張ることになりかねないので気が抜けないという。

せめて酒を飲むときくらいもう少し気を抜いてほしくて、居酒屋で飲んだ帰りに自宅で飲み直さないかと誘ってみた。光彦は「だったら俺の家に行こう」と言って、あっという間にタクシーを呼んでしまう。

「急にいいのか？　事前に連絡しておかないと奥さんの迷惑になるんじゃ？」

光彦のマンションに到着する頃にはすでに深夜の零《れい》時を回っていたが、光彦は少しも酔っていない口調で「構わない」と言った。

「ここ何日か、妻は家にいないんだ」

光彦の言う通り、玄関を開けた向こうに人気《ひとけ》はなく、長い廊下の奥にひっそりと闇がわだかまっていた。鈍感《どんかん》を装《よそお》い「奥さん、旅行にでも行ってるのか？」と尋ねたら、光彦の唇に苦《にが》い笑みが浮かんだ。

もう少し若い頃なら「そんなわけもないことぐらい藤吾だってわかっているだろう」なんて溜息のひとつもつかれただろうが、四十代も半《なか》ばを過ぎ、光彦はすっかり諦観《ていかん》の境地に至っているようだ。

愚痴《ぐち》一つこぼさず、疲れた様子で前髪をかき上げる光彦の横顔は相変わらず整っている。中年の域に至ってもその美貌が損《そこ》なわれることはなく、むしろ最近はけだるい表情に色気が漂っているような気すらした。

「藤吾こそ、こんな遅くまで飲み歩いてていいのか？　奥さんが待ってるだろう」

「今日はお前と飲みに行くって伝えといたから、もう寝てるだろ」

答える俺の左手にも結婚指輪が光っている。

二十代の後半で光彦が見合い相手と結婚して、俺もその一年ほど後に結婚相談所で出会った相手と結婚した。連れ添ってもう十七年。子供はいないが、夫婦仲はいい方だと思う。

一方、光彦たち夫婦はあまり上手くいっていないようだ。結婚して三年が過ぎる頃には光彦の妻は家を空けがちになり、今はすっかり若い恋人の家に入り浸《びた》っているらしい。

俺をリビングのソファーに座らせ、光彦はサイドボードからウィスキーを取り出した。

「水割りでいいか？　つまみは……大したものがないな。買ってくればよかったか」

「気にすんな。店でそれなりに食ってきたし、こんな上等な酒を出してもらえるならつまみもいらないだろ」

氷の入ったグラスを手渡され、ミネラルウォーターで適当に水割りを作る。隣に座った光彦の分も作ってやると「ありがとう」と礼を言われた。

周囲の目を気にする必要がなくなったせいか、光彦は疲れた表情も隠さずソファーに凭《もた》れる。すでにジャケットは脱ぎ、ネクタイも緩めたその姿は店で見るよりもずっとリラックスした様子だ。

家から一歩外に出ればアリ一匹踏むまいと気を張っている光彦が、こうしてダラダラと酒を飲む姿を見守れる。親友の特権だ。

二十年ほど前に光彦に告白をしたときは、こんなふうに二人で過ごすことなどできなくなることも覚悟したが、光彦は俺と親友のままでいてくれた。

「俺は藤吾の手を取れないが、せめて他の誰かと幸せになってくれ」などと言って結婚を勧められたときは、見当違いな優しさに腹立たしさすら覚えたが、俺は大人しく結婚相談所に足を向けた。その選択のおかげで、今も俺たちは親友として一緒に酒など飲んでいる。

ウィスキーを飲み始めるとすぐ、光彦の瞼《まぶた》がとろりと重たくなった。もともと酒に強いタイプではない。最近仕事も忙しかったようだ。

「光彦、眠いなら無理して飲むことないんだぞ？　もう寝た方がいいんじゃないか？」

「……嫌だ、せっかくお前が飲みに来てくれたのに。この一週間、今日のために仕事を前倒しにしてきたんだ」

「もういい年なんだからそういう無茶するなって。嫁さんも心配するだろ？」

「心配してたらこんなに長いこと家を空けるわけもないだろう」

光彦は鼻を鳴らしてウィスキーを呷《あお》る。どう返したものか迷って黙り込むと、光彦の唇に緩い笑みが浮かんだ。

「いいんだ、お互いの実家にばれないように上手くやってくれれば。夫婦なんてそんなものだろう」

「そんな言い方するなって」

少し咎《とが》める口調で返すと、光彦は拗《す》ねたように俺から目を逸《そ》らしてしまった。

「……そうだな。藤吾のところは仲睦《むつ》まじいものな。うちの夫婦が上手くいってないだけなんだろう。最近は浮気そのものより、俺への当てつけじみた妻の行動に参ってるくらいだ。浮気相手に高額のプレゼントをして、請求書は全部この家に送られてくる」

「もう浮気を隠す気もないんだな？」

少し前は光彦の妻ももう少し体裁《ていさい》を取り繕《つくろ》っていたように思うのだが、いつの間にそこまで夫婦仲が悪化していたのだろう。

光彦は手酌《てじゃく》で新しい酒を注《つ》ぎ、水で薄めるのもそこそこにコップに口をつける。いつになく無茶な飲み方だ。

「荒れてるなぁ」

「他の男と旅行に行った支払いを丸投げされて、笑って許せるほど心が広くなくてな」

「それが普通だろ。いっそ離婚とか考えた方がいいんじゃないか?」

軽い調子で言ってみた。世間話の延長のように。このセリフを口にする機会を前々からずっと窺っていたことなどばれないように、慎重に。

光彦はソファーに深く凭れ、惰性《だせい》のようにグラスを口に運びながら溜息をついた。

「……離婚はよくない」

光彦の持つグラスの内側が吐息で曇《くも》る。それを眺め、浮気はいいのか? と言ってやりたくなったが、飲み込んだ。

光彦にとって一番大事なのは世間体《せけんてい》だ。浮気だってよくはないが、上手に隠せるのなら許容範囲なのだろう。そして光彦の妻は、夫である光彦に対しては容赦《ようしゃ》なく浮気の痕跡を見せつけるが、他の親族の前ではそつなく良い嫁を演じているらしい。

だからこそ光彦は離婚に踏み切れずにいる。離婚なんて今時珍しくもないことだろうに、光彦の中でそれは何がどうあっても避けるべき事態なのだ。父や兄の政治家としてのイメージを少しでも損なわないために。

いつまでも家族と世間の目に怯《おび》えて生きている光彦の耳元で、離婚しちまえよ、と囁いてやりたくなった。一度思いついてしまえばもう、赤く染まった光彦の薄い耳から目を逸《そ》らせなくなる。

光彦はグラスの中身を飲み干すと、深く息をついて俺の肩に凭れてきた。気を許してくれているのは嬉しいが、一度は自分に告白してきた相手に、さすがに無防備すぎやしないだろうか。

俺の肩に頭を預けてウトウトし始めた光彦の横で、俺は黙々と酒を飲む。

光彦の瞼が完全に下がったタイミングで、独り言のように呟いた。

「お前、結婚して幸せになれたか？」

光彦からの返答はない。完全に眠ってしまったか。

「結婚さえすれば人並みの幸せとやらを摑めるってお前は俺に力説《りきせつ》してくれたが、実際はどうだ？　親の勧めに従って結婚して、お前自身は幸せになれたか？」

肩にかかる柔らかな重みを感じながら、手の中のグラスにぽつりぽつりと本音を落とす。

「俺は正直、よくわからん。一人で生活するのは淋しいだろうってお前は随分気にしてくれたが、もしかすると一人の方が気楽だったかもしれない。妻とは仲良くやってるが、ときどき心苦しくなる。あいつに対して、俺はこの先もきっと恋愛感情を抱けない」

恋愛感情などなくとも家族として支え合っていくことはできるだろう。だが、日常の端々で妻が自分を好いてくれていると実感するたび、彼女に対してひどい裏切りを行っているようで苦しくなった。

そっと横に目を向ける。光彦は俺の肩に凭れたまま目を閉じて動かない。すっかり寝入ってしまったか。もう本人の耳には届かないことを確認して、長年胸に押し込めていた本音を最後に一つこぼした。

「……お前を諦めきれないまま結婚なんてした俺が悪いな。未だに思いきれないんだから、我ながら未練がましくて呆れちまう」

ふっと苦笑を漏らしたら、ほとんど同時に光彦の睫毛《まつげ》が動いた。起こしたか、と慌てて口をつぐんだ次の瞬間、光彦の睫毛の下からぽろりと涙が落ちて息を呑む。

眠っていたわけではなかったのか。絶句する俺の前で、光彦は目を閉じたまま「すまん」と言った。

「……俺もずっと、後悔してたんだ。藤吾は同性愛者だと知っていたのに、無理やり結婚を勧めるような真似をして……。結婚してからも、お前が奥さんに対して後ろめたい気持ちを抱えてるのもわかってた」

喋《しゃべ》る間も光彦の表情は変わらない。だが、閉じた瞼の下からは次々と涙がこぼれ、光彦の頬を伝って顎《あご》から滴《したた》り落ちていく。

「……すまない。俺が、あのときちゃんと自分の気持ちと向き合っていればこんなことにはならなかったのに」

光彦の涙を見るのは何年ぶりだろう。昔の記憶を引っ張り出していたせいで、光彦の言葉に反応するのに少し時間がかかった。

「……自分の気持ち？　光彦、それ、どういう意味だ？」

尋ねるが、光彦は目を閉じて何も答えようとしない。

俺に結婚を勧めたとき、光彦はどんな気持ちでいたのだろう。俺が誰かと家庭を築くことを全力で喜んでくれていたように見えたが、笑顔の裏で本当は何か迷っていたのか。

光彦は人形のように目を閉じて動かない。焦《じ》れてその肩を摑み、強引にこちらを向かせるとようやく濡れた睫毛が瞬《しばた》いた。

外で飲んでいるときも、この家に来てからもほとんど動かなかった光彦の表情が、みるみる歪《ゆが》んで子供じみた泣き顔になる。

懐かしい顔だ。結婚してから光彦は感情を押し殺したような顔ばかりするようになったから、なおさらにそう思う。

光彦は泣き顔を隠すように片手で顔を覆《おお》い、苦しげな声で言った。

「俺はずっと、家族や周りの目ばかり気にして、普通の枠《わく》からはみ出すのが怖くて、だからずっと、自分の本心すら認められなかった。自覚するよりずっと前からお前のことが好きだったのに、お前の結婚式に出席してようやくそのことに気がつくなんて、本当に、自分の馬鹿さ加減が嫌になる……」

すまない、と嗚咽《おえつ》交じりに光彦は繰り返す。

俺は光彦のつむじを見下ろし、自分の心臓がかつてなく速く脈打っているのを実感した。もしも心臓が金属でできていて、ネジやバネで構成されていたとしたら、とっくに部品の一つや二つ吹っ飛んでいただろう。回転数を上げたモーターが熱を持つように胸の辺りが熱くなって、全身を巡る血液まで沸騰《ふっとう》しそうになった。

「……光彦」

情けなく震えた声で名前を呼ぶと、光彦がしゃくり上げながら顔を上げた。泣き濡れたその顔を両手で包み、光彦の額《ひたい》に自分の額を押しつける。

光彦はなおも泣きながら、頬を包む俺の手に手を重ねた。

「こ、こんなこと、もう、墓まで持っていくつもりだったんだ……なのに、すまない」

光彦の吐息からは濃いアルコールの匂いがした。酒の力を借りてようやく本音を口にしてくれたのか。だったらもっと早く、こんなふうに酔い潰してしまえばよかった。

「……藤吾の奥さんにも、申し訳がない」

朝、行ってらっしゃいと手を振ってくれた妻のことを思い出したらさすがに胸が痛んだ。妻には許してもらえるわけがない。それでも、目の前で泣いている光彦に背を向けることなどできるわけもなかった。

「構わない。非難も罵倒《ばとう》も、全部俺が引き受ける。心が伴《ともな》ってないのに結婚するって決めたのは俺だ。全部俺が悪い」

俺がそう言いきっても光彦は泣き止《や》まない。むしろ嗚咽が大きくなった。罪悪感で胸が潰れそうになっているのかもしれない。

大丈夫だ、と言ってやりたかった。お前なんかより俺の方がよっぽどひどい。長年恋い焦《こ》がれたお前にようやく手が届いた歓喜に、妻への罪悪感など残らず塗りつぶされてしまった。

「泥《どろ》は全部俺がかぶる。だからもう泣くな」

光彦の頬を伝う涙を指先で拭い、その目尻に唇を寄せて涙を吸い上げた。光彦はぴくりと肩先を跳ね上げたものの、抵抗もなくされるがままだ。

目尻から頬に唇を滑らせ、至近距離で光彦の目を覗き込む。戸惑ったように視線を揺らした後、光彦が目を閉じるのを見て、そっとその唇にキスをした。

すぐに唇を離し、光彦の表情を窺う。万が一にも嫌悪《けんお》の色が浮かんでいたらすぐに離れるつもりだったが、とろりとした目で見詰め返されて歯止めが利《き》かなくなった。

甘い香りを振りまくくせに、熟《じゅく》す様子は欠片《かけら》も見せない青い果実を何年も何年も見詰めてきた心境だったのだ。思いがけず手の中に落ちてきた果実は甘く柔らかく熟《う》れていて、貪《むさぼ》りつくなという方が土台無理な話だった。

一晩中光彦を抱いたその翌朝、ほとんど気絶するように眠りに落ちた光彦の左手薬指から、俺はそっと指輪を引き抜いた。自分の指輪も外し、ベッドサイドにそれを置く。

眠る光彦を抱きしめ、指輪痩《や》せした薬指を撫でて思った。非難も誹《そし》りも、すべて自分が引き受けようと。思い焦がれた相手を、ようやくこうして抱きしめることができたのだ。後悔は一つもない。

「……俺の幸せなんて最初っからこうやって摑みとるしかなかったんだよなぁ」

泣き腫《は》らした光彦の目元を撫でながら呟くと、わずかに光彦が目を開いた。

何かを探すように瞳を揺らした光彦は、俺の顔を見て安堵したように目元を緩め、俺の手に頬ずりをしてまた眠りに落ちてしまった。

光彦が酔った勢いで事に及んでしまっただけに、素面《しらふ》に戻ったときの反応が心配だったのだが、杞憂《きゆう》だったようだ。

眠る光彦を片腕で抱き込み、深く息を吐く。

長かった。ようやく手が届いた。この存在を手放さないためならなんだってしてやる。腹の底からそう思う。

柔らかな寝息を立てる光彦を見ていたら涙が出てきて、光彦を起こさぬよう、俺は静かに目元を拭った。

〈了〉

＊＊＊

前回と同じく自宅のダイニングテーブルにパソコンを広げて柚希のイタコ小説を読み終えた光彦は、思わず辺りを見回した。

自宅には自分しかいないことなどわかりきっているが、それでも読んでいる途中、パソコンの画面を少し伏せて文章を隠すような仕草までしてしまった。

（い……一線を越えてしまったぞ……⁉）

具体的な描写はほとんどないが、つまりこれはそういうことなのだろう。自分と藤吾がそんな関係になるなんて想像すらしたことがなかっただけにうろたえて、キスシーンさえ目が滑ってまともに読むことができなかった。

（ゆ、柚希ちゃんはこういう小説も書くのか？　確か、キャラ文芸とかいうジャンルの小説を書いていたはずだが……）

内容自体は決して過激なものではなかったが、作中の人物が自分と旧知《きゅうち》の親友であること、さらにそれを書いたのが従姉妹《いとこ》であることなど、滅多《めった》に起こり得ない事態が重なってなかなか動揺を鎮《しず》めることができない。

小説を読み返す勇気もなく、あたふたと柚希のペンネームをネットで検索してみた。普段はどんな小説を書いているのか探してみるつもりだったのだが、柚希のＳＮＳがヒットしたので先にそちらを見にいってみる。

柚希のSNSはあまり頻繁《ひんぱん》に更新されておらず、新刊の告知がたまにある程度だ。合間にイタコ小説の宣伝もある。イタコ小説はダイレクトメールから依頼を受けているらしい。

SNSをさかのぼっていくと、実際にイタコ小説を依頼した人物からのお礼や感想のコメントを発見した。その多くが『現実も小説みたいな展開になりました』『小説の主人公みたいに行動したら恋が成就《じょうじゅ》しました！』など、好意的な内容だ。

（柚希ちゃんのイタコ小説にはこれだけの実績があるのか）

ずらずらと列挙されるコメントを眺めてから、光彦は柚希から送られてきた小説のファイルをもう一度開いてみる。

（今回はラストに『ハッピーエンド』とは書かなかったんだな）

作中では自分も藤吾も結婚している。結末は不倫以外の何物でもなく、さすがに諸手《もろて》を挙げての大団円とは言いにくかったか。

（俺も離婚しかけているし……）

前作でも光彦は四十代で離婚したと記されていたし、どうあっても自分は離婚する運命なのかもしれない。

（読めば読むほど自分の行動原理が理解できてしまうのも恐ろしいな）

妻の浮気に気づきながらも、世間体を気にして離婚に踏み切れないなんて、いかにも自分がやりそうなことだ。

中でも注目すべきは、藤吾に結婚を勧めたことを後悔していると訴えるシーンである。つい先日、実際自分が考えていたことを文章に書き起こされたようでどきりとした。

（……本当に、この小説は未来に起こりうる出来事を書いているのかもしれない）

だとしたら、藤吾に結婚を勧めたのは間違いだったのではないか。伴侶《はんりょ》がいれば淋しい老後を過ごすこともないだろうと短絡的に考えていたが、小説の中の藤吾は心の伴わない結婚をして、パートナーに対し後ろめたい思いを抱いている。

（本当にこんなことになってしまったら藤吾に申し訳が立たない。俺の考えは間違ってたんだ。何か他の方法はないのか？）

真剣な顔で小説を読み返していた光彦は、ある一文に目を止めた。泣きだした光彦を見た藤吾が『光彦の涙を見るのは何年ぶりだろう』とモノローグで語る場面だ。

光彦が藤吾の前で涙を見せたのは生涯で一度きりだ。そのことを、光彦は誰にも打ち明けたことがない。家族はもちろん、柚希にも。それなのに、柚希はどうしてこんな一文を書くことができたのだろう。

偶然か。それとも本当に、柚希は巫女《みこ》のように他人の生霊を自分に降ろして、本来知り得るはずのない事実まで書き起こすことができるのか。

（……この物語も、全部現実になるのか？）

考え込んでテキストの空白部分を見詰めていた光彦は、ふと目を動かした拍子《ひょうし》に藤吾と自分のキスシーンを見てしまい、慌てて画面から目を逸《そ》らした。

（いや、でも、こんな、に、肉体関係になるのか？　男同士で？　俺と藤吾が……？）

これが全くの創作物なら、この程度の描写で動揺することなどなかった。だが、作中に自分の名前が出てくるとなると話は別だ。具体的なことは何ひとつ書かれていないのに、藤吾と自分の行為が生々しく頭に浮かんでしまう。

どんなに頭を振っても妄想はしつこく追いかけてきて、耐え切れず、光彦は勢いよくノートパソコンを閉じた。

物心ついた頃から、光彦《みつひこ》は泣かない子供だった。友達とケンカをすることもなければ、うっかり転ぶこともなく、日々抜かりなく淡々と過ごしていたせいかもしれない。

そんな光彦が藤吾《とうご》の前で涙を見せたのは小学生のとき。藤吾と一緒に登下校をするようになってから、まださほど経《た》っていなかった頃のことだ。

光彦はその日、一人とぼとぼと帰り道を歩いていた。返却された算数のテストが百点満点ではなかったからだ。何度も見直したはずなのに、些細《ささい》な計算ミスに気づくことができなかった。

こんな日に限って、藤吾は委員会の仕事があるとかで隣にいない。俯《うつむ》きがちに歩く光彦の傍《かたわ》らをたまに同級生が通り過ぎるが、声をかけてくる者もいなかった。光彦の背後を歩く護衛たちの目が気になるのだろう。

護衛たちも黙々と後をついてくるだけで、光彦のお喋りになどつき合ってくれない。百点が取れなかった、と泣きごとを漏らせる相手もおらず、光彦の横顔はどんどん固く張り詰めたものになっていく。

テストの結果を見たら、きっと両親は落胆するだろう。百点くらいいつも普通にとれなければいけないのに。

普通の枠《わく》から外れてしまった自分など、いよいよ家族に見放されてしまうのではないか。想像したら、親にテストの結果を見せるのが怖くなった。帰りたくない、と思ったのは衝動に近く、曲がり角を曲がった瞬間、背後の護衛を振り切るように駆けだしていた。

入学以来、一度も寄り道をしたことのなかった光彦が通学路を外れるなど護衛たちも思っていなかったらしい。いつもは使っていない路地に駆け込んで少し走れば、あっという間に護衛たちを撒《ま》くことができた。

走りながら、やってしまった、とドキドキした。通学路を外れるなんて、光彦にしてみれば家出や万引きに等しい悪事だ。何度も背後を振り返り、追手がないことを確認しながら自宅とは反対方向に歩き続ける。

護衛もつけず、道順も気にせず好き勝手に歩いて束《つか》の間の解放感を味わったが、時間が経てばそんな気持ちもしぼんで消えた。どこをどう歩いてもランドセルの中の答案用紙は消えないし、結局帰る先は自宅しかない。

俯いて歩いているうちに、いつの間にか人気《ひとけ》のない公園の近くまで来ていた。

誰もいない公園の脇をのろのろと歩いていたら、後ろから車が近づいてきた。道の端に寄ってやり過ごそうとしたが、なぜか車は速度を落として光彦と並走《へいそう》を始める。

「ねえ君、道を教えてくれない？」

運転席の窓が開いて、中から男性の声がした。ぎくりとして、光彦は車に目を向けることもせず足を速めた。子供に何か尋ねてくる大人などろくなものではない。一瞬で頭に警鐘が鳴り響く。

光彦が無反応を貫《つらぬ》いても、車の中の男性はなお「ねえ、教えてよ」と声をかけてくる。周囲を見回したが自分たちの他に人影はなく、走って逃げるべきかとランドセルを背負い直したところで車が止まった。

ぎくりとして駆けだそうとしたら、車から降りてきた男に腕を掴まれた。とっさに声が出ず、無言で相手の手を振り払おうとするも大人の腕力に敵《かな》うわけもない。

「乗って、ちょっとでいいから」と囁くような声で言って、男が後部座席のドアを開ける。足を踏ん張ってみたが、靴の裏がずるずるとコンクリートの上を滑って抗《あらが》えない。

恐怖で喉《のど》が締まった。こんなときは周囲に助けを求めるべく大声を出すようにと学校で繰り返し教え込まれてきたはずなのに、いざその状況に陥《おちい》ると呻《うめ》き声すら上がらない。

護衛を撒いたことを後悔した。いつもの通学路を通っていればこんなことにはならなかったはずだ。事件に巻き込まれたら家族はどんな顔をするだろう。普通に、目立たず、おかしなことだけはするなと口を酸《す》っぱくして言われてきたのに。

目前に迫《せま》った恐怖より、家族から見放されることに怯《おび》えて硬直していたら、人気のない道に鋭い声が響き渡った。

「おい！　何してんだお前！」

突然の怒声に驚いたのか、光彦の腕を摑んでいた男の手が緩んだ。声のした方に目を向けると、一直線にこちらへ走ってくる男性の姿がある。ショルダーバッグを振り回すようにして駆けてくるのは、藤吾だ。

長身で、ランドセルも背負っていない藤吾がまさか小学生とは思わなかったのか、不審者は慌てて光彦の腕を離すと車に乗り込み、一目散《いちもくさん》に逃げていってしまった。

「光彦、大丈夫か！」

駆け寄ってきた藤吾を、光彦は半《なか》ば呆然と見上げる。なぜ藤吾がここにいるのだろう。藤吾の家は反対方向のはずなのに。

どうして、と掠《かす》れた声で尋ねた光彦に、藤吾は強張《こわば》った表情で答えた。

「いつもお前の後ろにいる黒服のオッサンたちが、お前がいなくなったって慌ててたから俺も探しに来たんだ。もしかして、さっきのオッサンにここまで無理やり連れてこられたのか？」

違う、と首を横に振ってみたが、上手く声が出てこない。膝が震えて歩くこともままならない。

「少し座るか？」と藤吾に声をかけられ、腕を引かれてなんとか目の前の公園に入った。

ブランコと滑り台しかない小さな公園には光彦たちの他に誰もいない。藤吾と隣り合ってベンチに腰を下ろしても、なかなか体の震えを止めることができなかった。

「……大丈夫か？　あのオッサンになんかひどいことでもされたのか？」

心配顔の藤吾に顔を覗き込まれ、無言で首を横に振る。見知らぬ大人の車に引きずり込まれそうになってショックを受けたのは本当だが、それ以上に恐ろしいのは家族の反応だった。

テストで百点を取れなかった上に護衛を撒いて、面倒な事件に巻き込まれかけた自分を家族はどう思うだろう。学校や警察に連絡するとなれば、嫌でも黒田《くろだ》の名前を出さなければいけなくなる。両親はそれを嫌がるだろう。

(僕なんて、いない方がいいって思われちゃう)

家にはすでに優秀な兄がいる。弟の自分は家族から何も望まれていない。だからせめて目立たぬよう、問題を起こさぬように過ごさなければいけなかったのに。

目の縁《ふち》に涙が盛り上がって、拭う間もなく膝の上にぽたりと落ちた。一度溢れてしまえばもう止めようもなくぽたぽたと涙が出てきて、藤吾がぎょっとしたようにベンチから腰を浮かせた。

「どうした、怪我でもしてんのか？」

「……っ、違う……」

「じゃあなんで泣いてんだよ？　おい、ちゃんと言えって！」

未遂とはいえ犯罪の現場を目《ま》の当たりにした直後で藤吾も動揺していたのだろう。大声を出され、光彦も驚いた拍子に「だって！」と言い返してしまった。

涙と一緒に、これまで誰にも打ち明けたことのなかった弱音が口から溢れてくる。

テストで百点が取れなかったこと、いつも護衛がついてくるのが息苦しいこと、それを同級生からじろじろ見られるのが嫌だったこと、普通に上手くできない自分をきっと家族は疎《うと》ましがっていること。全部嫌だ、上手くいかないと、ため込んだものをぶちまけるように光彦は口にした。

後から考えてみれば、どれも他愛《たわい》のない内容だ。下らない、と切って捨てられても仕方のない話に、けれど藤吾は真剣に耳を傾けてくれた。

「テストは残念だったな。もうちょっとで百点取れたのに。黒服のオッサンがぞろぞろ後ろをついてくるのが嫌なのは当然だろ。たまには逃げたくなるって。それより、本当にどこも怪我とかしてないか？　変なオッサンに絡まれて怖かっただろ？」

藤吾は何ひとつ光彦を責めようとしなかった。むしろ事件に巻き込まれかけた光彦を一番に

心配してくれて、いつまでも泣き続ける光彦に呆れるでなく、見放すこともなく、辛抱《しんぼう》強く隣にいてくれた。それで少し気が緩んで、光彦はしゃくり上げながら涙声で藤吾に懇願《こんがん》した。

「ぼ、僕が、車に連れ込まれかけたこと……誰にも、言わないで、くれ……」

藤吾は驚いたような顔をしたものの、すぐに「わかった」と頷いてくれた。理由も尋ねず即答されたので、むしろ光彦は疑心暗鬼《ぎしんあんき》になって「本当か？」と何度も藤吾に尋ねてしまった。

「言わねぇよ。一応変な大人が出たことは親に言っとくけど、お前の名前は絶対出さない」

「へ、変な大人のことも、言わないでくれ」

「それは駄目だろ、また誰かが襲われたらどうすんだよ」

「だって、大人から絶対いろいろ訊かれるぞ……！　最後まで僕の名前を出さずにいられるのか!?」

どう考えても藤吾の言い分の方がまともだったが、光彦はすっかり冷静さを失っていた。とにかく家族にばれたくない一心で食って掛かると、藤吾にじっと目を覗き込まれた。

勝手なことばかり言って怒らせたかと怯《ひる》んだが、藤吾は静かな口調でこう言った。

「お前のことは絶対言わない。約束する」

「ほ……本当、か？」

「当たり前だ。俺たち親友だろう？」

藤吾の口から飛び出した親友という言葉に、一瞬涙も引っ込んだ。

確かに、光彦にとって藤吾は学校で一番親しい存在だ。登下校中もよく一緒になるし、教室で声をかけられる機会も多い。だがそれは、あくまで光彦から見た話だ。友人の多い藤吾にとって自分など、親友どころか友達とも呼べない存在だと思っていた。

「相良《さがら》君は、僕の親友だったのか……？」

我ながら間の抜けた質問に、藤吾は力強く頷き返してくれた。

「親友なんて一生ものの関係だぞ。約束なんて破るわけない。だから大丈夫だ」

大丈夫だ、と繰り返し言い聞かされ、なんとか泣きやんだ光彦はおずおずと藤吾に切り出した。

「……黙っていてくれる代わりに、何か、お礼をしたいんだが」

そう口にした途端、それまで心配そうにこちらを見ていた藤吾の表情が険《けわ》しくなった。

「なんでそうなるんだよ。礼なんていらない」

「でも」

「そんなもんもらわなくても約束は守る。馬鹿にすんな」

馬鹿にしたつもりはなかった。光彦の周りには当たり前に見返りを求める者が多かったので、気を利《き》かせたつもりだった。

「……親友だからか？」

鼻声で尋ねると、険しかった藤吾の表情が緩んだ。半分呆れたような顔で笑って、そうだよ、と藤吾は頷く。

「親友だから約束は絶対だ。心配すんな」

光彦は藤吾を見上げ、親友、と繰り返す。

父親の仕事の関係者や、その子供に媚《こび》を売られたことならある。光彦の家が裕福であることを見越し、おこぼれを狙ってくる子供にたかられたりしたことも。けれどこんなふうに、見返りも求めず光彦の力になってくれようとした相手は初めてだった。

（……親友ってすごいな）

親友は一生ものの関係だ、と藤吾は言った。こんな関係を誰かと築けるなんて嘘みたいだ。

光彦は藤吾を見上げ、恐る恐る尋ねた。

「……僕も相良君のこと、下の名前で呼んでいいかな？」

藤吾が当たり前に自分を光彦と呼ぶので、真似をしたくなった。

藤吾は照れくさそうに笑って「いいよ」と言ってくれた。藤吾、と呼んだらはにかんだ顔で返事をしてくれて、びっくりするくらい嬉しくなったのを覚えている。

その後、公園の近くに現れた不審者のことは藤吾の口から周囲の大人たちに伝えられたが、藤吾は最後までその被害者が光彦であることを明かそうとしなかった。

約束は守られた。親友だからだ。

あれから二十年近い月日が流れているが、藤吾は未だに自分のそばにいてくれる。それもまた、親友だからだ。

光彦にとって藤吾は唯一の親友であり、命の恩人だ。だから藤吾には絶対に幸せになってほしいし、この関係は崩したくない。

それが光彦の偽《いつわ》らざる本心なのだった。


柚希《ゆずき》から送られてきたイタコ小説を読んだ後、その日のうちに光彦は藤吾へ連絡を入れた。明日会えないか、という急な誘いにも、藤吾は二つ返事で快諾《かいだく》してくれた。

「光彦から昼飯に誘われるなんて珍しいな。今日は夜から何か予定でも入ってたのか？」

光彦が予約した焼き肉店の個室で、早速《さっそく》メニューを広げた藤吾が言う。普段は夜に待ち合わせて酒を飲むことが多いので不思議に思ったのだろう。

「……なんとなく、健全な時間に顔を合わせたくなってな」

「なんだよ、健全な時間って」

メニューに視線を落とし、藤吾はおかしそうに笑う。光彦も一緒に笑ったものの、口元が引きつってしまうのは隠せない。藤吾を見ていると、どうしても昨日読んだ小説の内容が頭をちらつく。

小説の中で、二人はあっさりと一線を越えてしまった。といっても行為に関する詳細な描写があったわけではない。場面転換のために一行の空白が作られていただけで、その間に起こったことは何もわからない。

（それなのに、一行の空白をどれだけ膨《ふく》らませているんだ、俺は……！）

放っておくと、自分と藤吾の生々しい情事のシーンが絶えず頭を過《よぎ》ってしまう。そんな状況なので、夜に藤吾と会うのは憚《はばか》られた。うっかり飲みに行って「飲み直さないか」なんて藤吾に誘われたりしたら、いよいよ現実が小説に侵食《しんしょく》されそうで怖かったのだ。

「光彦？　何頼むか決まったか？」

メニューから顔を上げた藤吾の張り出した喉元《のどもと》や、太い首に自然と目がいってしまって、慌てて藤吾から目を逸《そ》らした。その反応が女性の胸元から視線を逸らすときのそれと酷似《こくじ》していて、光彦は一気に青ざめる。

（どういうことだ、俺は藤吾を性的な目で見ているのか……？　あんな太い首筋にエロスを感じたとでもいうのか⁉）

「おい、どうした？　適当に肉頼んじまうぞ？」

「そ、そうだな！　任せる！」

テーブルの向こうから藤吾が身を乗り出してきて、光彦は大げさなくらい肩を跳ね上がらせた。タイミングよく店員が水を運んできて、藤吾が肉を注文する間に水を飲んで気持ちを落ち着かせる。

いくらイタコ小説の内容が衝撃的だったからといって動揺し過ぎだ。今日はもっと大事な話をするのだろうと自分を宥《なだ》め、まずは食事に専念する。

藤吾はいつものごとく気持ちのいい食べっぷりで肉を平らげ、白米を二度、三度とお代わりする。その姿を見ていたらだいぶ気持ちも落ち着いてきて、食後の緑茶が運ばれてきたタイミングでようやく本題を切り出した。

「藤吾、もう結婚相談所には行ったか？」

湯呑《ゆのみ》を口元に近づけていた藤吾がぴたりと手を止める。たらふく肉を食べて満足そうだった顔が一瞬で曇《くも》って、急に言葉の歯切れも悪くなった。

「その話が出たのって先週だろ？　さすがに一週間じゃ、まだ何も……」

「行ってないんだな？」

「すまん、行ってない」

言い訳もせず潔《いさぎよ》く頭を下げた藤吾を見て、「よかった」と光彦は胸を撫で下ろした。

「ん？　行ってなくてよかったのか？」

「ああ。俺こそ藤吾に謝らないと。前回俺が言ったことは全部忘れてくれ」

光彦は両手を膝につき、藤吾よりもさらに深く頭を下げた。

「俺の考えが間違ってた。人の幸福はそれぞれだ。結婚さえすれば幸せになれるわけもないし、世間一般の考えに迎合《げいごう》する必要もない。お前はお前の幸せを追求してくれ」

口早にまくし立てて顔を上げると、目を丸くしてこちらを見ている藤吾と視線が合った。

「ちょっと前まで『男同士では幸せになれるはずもない』とか言ってた奴が、短期間で目覚ましく成長したなぁ」

「それは……本当に暴論だった。すまん」

光彦はもう一度頭を下げる。そんな失礼なことを面と向かって藤吾に言っていただろうか。いくら動揺していたにしたって暴言が過ぎる。

過去の自分の発言を後悔しつつ、光彦は沈痛な面持《おもも》ちで続けた。

「つい最近、柚希ちゃんと話をする機会があったんだ。お前に強引に婚活を勧めたことを話したら。怒られた。結婚せず、一人で生きていく人間をかわいそうだと思うのは偏見だ、と……」

「そりゃそうだな。自分で選んでそういう生き方してる人間もいるんだから」

光彦自身、独身で生きていくことを悪いことだとは思わない。だが、最初のイタコ小説に出てきた藤吾の姿があまりにも衝撃的で、淋しそうで、誰かがそばにいてくれればまだ救われるのではないかと思ってしまったのだ。

項垂《うなだ》れる光彦を見て、藤吾は肩を竦《すく》める。

「人の幸せはそれぞれだ。周りから何を言われようと、本人が幸せだと思ったらそれで十分だろ」

「それは確かに、そうなんだが……」

「そう思うか？　本当に？」

言葉尻を奪うように念押しされて、光彦は目を瞬《しばた》かせる。どうしてか、こちらを見る藤吾は憂《うれ》い顔だ。

「むしろ俺は、光彦が本気でそう思ってるかどうかの方が心配だ。お前はちゃんと、自分で自分の幸せを見極められてるか？」

光彦はそれにどう答えればいいのかわからず、ゆるゆると視線を落とした。

自分の幸せとはなんだろう。

目立たず、普通に、家族の手を煩《わずら》わせず、親の満足する会社に就職したら、今度は父や兄にとって利益のある親戚関係を作るために結婚して、どこにでもある幸せな家庭を築いて、そうしたら――。

そうしたら両親は「下の息子さんも立派になられて」なんて周囲から言われて、ご満悦《まんえつ》になるのだろう。そしてそんな会話が交わされる華やかな社交場に、光彦自身はいないのだ。両親とともに表舞台に立つのは、いつだって兄の役目なのだから。

（……それが俺の幸せだろうか）

思考の渦《うず》に呑み込まれかけ、はたと光彦は我に返る。危うく一緒にいる藤吾の存在を忘れるところだった。慌てて顔を上げると、静かに緑茶を飲む藤吾と目が合った。

「ん？　いいぞ、まだ好きなだけ考えてて」

無言で考え込む光彦を止めるどころか、ちゃんと考えろと促《うなが》して藤吾は腕を組む。それこそ光彦の気が済むまで、何時間でもつき合う心積もりであるかのように。

小学生の頃、公園のベンチで隣に座っていてくれたときと一緒だ。藤吾はいつも光彦の隣にいてくれる。控えめに、根気強く、光彦の唯一の親友として。

（俺の幸せ――……）

胸の底に埋《う》まっていた本音に指先がかかる。それはもしかすると、唯一無二の親友である藤吾がこうしてずっと傍らにいてくれることではないか。

ちらりと藤吾に目を向けると、視線に気づいた藤吾に緩《ゆる》く微笑《ほほえ》み返された。それだけで、まとまりかけていた思考が霧散《むさん》する。

やはり昨日読んだイタコ小説の影響は大きいらしい。個室で目配せしただけなのに、何かよからぬことでもしているような気分になってしまい、光彦は勢いよく藤吾から顔を背《そむ》けた。

「お、俺のことはいいんだ！　それより藤吾の今後について考えないと……！」

「俺の今後って言われてもなぁ。とりあえず結婚相談所に行くのは取りやめだろ？」

「結婚以外にも何か……例えば、趣味でも持ったらいいんじゃないか？」

趣味があれば共通の友人などもできるだろう。スポーツのようなものなら健康維持《いじ》も期待できる。「何かないのか？」と詰め寄ると、藤吾の口元に楽しげな笑みが浮かんだ。

「そういや、あるな。ちょうど最近気になり始めたやつが、おあつらえ向きに」

「本当か！　いいじゃないか、趣味！」

「でも一人で始めるのはちょっと躊躇《ちゅうちょ》してたんだ。だからちょうどいい」

藤吾は伝票を摑んで立ち上がると、きょとんとする光彦を見下ろし、にっこりと笑った。

「俺の初体験に光彦もつき合ってくれ」


これもまたイタコ小説を読んだ弊害《へいがい》か、初体験、という言葉に過剰に反応してしまったことは置いておいて、焼き肉屋を出た二人は電車に乗り、都内にある大きな公園にやってきた。公園内には陸上競技場や野球場、テニスコート、バーベキュー広場もある。公園施設とスポーツ施設が整備された、二十三区内でも珍しい大型の都立公園だ。

公園内には背の高い木々が鬱蒼《うっそう》と茂り、道路のそこここに柔らかな木陰《こかげ》が落ちている。

公園沿いをしばらく歩くと、前方にやたらと目立つ赤い壁の建物が見えてきた。

建物を見上げ、「ここか？」と藤吾に尋ねる。

「そう。ここなら手ぶらで来てもいいらしい」

「道具も貸してもらえるのか？」

「道具も餌《えさ》も全部用意してある。一回やってみたかったんだよ、釣りってやつ」

足取りも軽く藤吾が入っていった赤い建物は、入り口に『釣り堀　赤城園《あかぎえん》』と書かれた看板が掲《かか》げられていた。

受付で餌と釣竿《つりざお》を借りて中へ入る。釣り堀は全部で四つあり、それぞれ金魚やコイ、フナなど異なる魚がいるらしい。

休日の釣り堀はそこそこの賑《にぎ》わいで、子供連れから老人まで、思い思いに釣り堀に糸を垂《た》らしている。堀の周りにはひっくり返したビールケースが点々と置かれ、それを椅子代わりに使っていいようだ。

光彦は藤吾と並んでビールケースに座り、プラスチックのボウルに入った練《ね》り餌《え》を適当な大きさに丸めて釣り針の先につけた。

「……餌のつけ方はこれで合ってるのか？」

「合ってんじゃねぇか？　とりあえず池に放り込んでみよう」

早速針に餌をつけた藤吾が、釣り堀の真ん中めがけて釣り針を投げ込む。間を置かず、赤と黄色に塗り分けられた丸いウキがぷかりと浮かんで、水面に小さなさざ波が立った。

光彦も見よう見真似で釣り堀に針を投げる。糸を垂らしたら、後はもう魚がかかるのを待つだけだ。

「……なんで急に釣りなんだ？」

暇なので、この場所に到着するまでずっと気になっていたことを藤吾に尋ねてみた。

「うちの社長が最近海釣り始めたから。やたらと楽しそうだから俺もやってみてぇな、と思って」

まずは手軽に始められる釣り堀にやってきたということらしい。

光彦は慣れない手つきで釣竿を持ち、ときどきゆらゆらと竿を揺らしてみる。が、魚が食いついたような手ごたえはない。藤吾も同じらしく、たまに竿を動かして首を傾《かし》げている。他の客も軒並《のきな》み同じ状態で、糸を垂らしてぼんやり水面を眺めている人がほとんどだ。そう簡単に釣れるものでもないらしい。

「光彦は何か趣味とかないのか?」

ウキの動きを注視しつつ、「ないな」と光彦は答える。

「学生時代は勉強が忙しかったし、今は仕事にかかりっきりだ。初対面の相手に趣味を聞かれるのが一番困る」

「俺もだ。学生時代はテレビとかゲームとかそれなりに楽しんできたけど、趣味って呼べるほど熱中したわけでもない」

藤吾はひょいと竿を上げ、針の先にまだ餌がついているのを確認してからまた竿を下ろした。

「柚希さんみたいに、何か一つのことに長年没頭《ぼっとう》できる人の方が少ないのかもな」

「柚希ちゃんは別格だろう。小説に人生をかけてるんだから」

「そのために実家から勘当《かんどう》されてるんだもんなぁ。なかなかそんな覚悟持てないぞ」

医者一家に生まれた柚希は、勉強だけでなくお茶やお花といった稽古事《けいこごと》を子供の頃から叩きこまれ、ゆくゆくは柚希の父親と懇意《こんい》にしている医者と結婚する予定だったらしい。

しかし大学卒業を目前にして柚希は小説家デビューを果たし、親が用意していた見合い話を全力で蹴《け》り飛ばした。その場で勘当をくらった柚希は、その日を境に未だ一度も実家の敷居をまたいでいないらしい。本人も、二度と家に帰る気はないそうだ。

「柚希さん、小学生の頃から小説家になりたかったらしいぞ」

「よくそんなこと知ってるな？」

「前に柚希さんの家で飲んだときに聞いたんだよ。お前も一緒にいたはずだけど、途中でウトウトしてたから聞き逃したんだろ」

外食をするときは人目を気にして神経を張り巡らせている光彦だが、その反動か自宅で飲み食いするとすぐに眠くなる。柚希や藤吾と自宅で飲むときも、途中でうたた寝をしてしまうことはよくあった。

「小説家になりたいなんて家族に言ったら絶対反対されるから、一人で生きていけるだけの学歴と貯金が手に入るまで、親の言いつけに従って夢のことはひた隠しにしてたらしい」

「……恐ろしく計画的だな、柚希ちゃん」

とはいえ、光彦や柚希の一族は、教員や医者、政治家など、『先生』と呼ばれる職業に就《つ》くことが多い。それくらいの下準備をしない限り自分の好きなように生きていくことは難しいだろう。しがらみの多さは光彦もよく知っている。

「柚希ちゃんが小説家を目指したきっかけはなんだったんだろうな？」

「子供の頃、小説に救われたからだって言ってたぞ」

「本の世界に逃避してたってことか？」

尋ねると、なぜか藤吾に苦笑された。

「それ、絶対柚希さんの前で言うなよ。柚希さんも親から同じこと言われて、腹立てて全力で否定したらしいからな」

本を読むことは逃避ではないと、藤吾の前でも柚希は力説《りきせつ》したそうだ。

本を読む間、自分は他人の人生を生きている。疑似体験したそれは紛《まご》うことなき経験となり、現実世界にフィードバックすることができる。現実の自分が実行できないことを易々《やすやす》とやってのける主人公の思考や行動をトレースすることで、読み手である自分の思考パターンにも何らかの影響が生じるのだと、柚希は熱っぽい口調で語ったそうだ。

「小さい頃からコツコツ小説を読み続けていなければ、自分は実家を出ることができなかったと思うって柚希さん言ってたな。いろんな物語をお手本に未来を想像して、人生の分岐点を考えられるだけ考えて、どうにかこうにか自立することができたって。俺はそんなふうに読書をしたことなんてなかったから、本ってのはそういう役立て方もあるんだなぁって感心した」

風が吹いて、水面に午後の日差しが乱反射する。ウキを眺めていた藤吾が眩《まぶ》しそうに目を細め、光彦も顔を正面に戻した。

「俺も、読書といったらビジネス書ばかりで、小説の類《たぐい》はほとんど読んでないな」

最後に小説を読んだのは、高校の読書感想文を書いたときだろうか。あとは柚希のイタコ小説くらいしか読んだ記憶がない。

自分とはまるで違う境遇にいる人物の物語など読んだところで役にも立たない。ならばビジネス書でも読んだ方がずっと益《えき》になる。

そう思っていたが、違うのか。

一向《いっこう》に魚が食いつく気配のないウキを眺め、光彦はイタコ小説の内容を思い返す。

(自分では絶対に選べないだろう人生の行く末を見せてくれるからこそ、小説を読むことには意味があるのかもしれないな……)

小説の中で、光彦は最終的に藤吾の手を取る。取ってしまう。

自力では思い至れなかった未来を文字で書き表わされて、嫌でも想像せざるを得なかった。

藤吾の差し出した手を取って、二人で十年、二十年と年を重ねていったらどうなるだろう。

四十代、七十代の藤吾の傍《かたわ》らに、親友ではなく、人生の伴侶《はんりょ》として自分が立っていたら――。

頭の中で、かつてなく鮮明な空想が像を結ぶ。年老いて寄り添う自分たちは、意外にも悲愴《ひそう》な雰囲気を漂わせずに笑っていた。

それはつまり、藤吾と二人でいる未来を自分が思ったより肯定的に捉《とら》えているということで、その事実に直面した光彦は激しく首を横に振った。

「お、俺のことはいいんだ!」

「お前、焼肉屋でも同じこと言ってたけど、よくはないだろ。俺にばっかりあれこれ言ってないで、お前も趣味の一つくらい持てよ。いっそ光彦も釣りとか始めたらどうだ？」

「さっきから全然釣れないのにか？」

無造作に釣竿を引き上げ、あ、と光彦は声を上げる。いつの間にか、針につけた餌がなくなっていた。

「いつの間に……」

「マジか。さすがに餌を食われたらわかるだろ？」

笑いながら竿を上げた藤吾の顔から笑みが消えた。藤吾の釣り針からも餌が消えている。

「なんだ、藤吾も餌だけ食べられてるじゃないか。お前も釣りに向いてないんだな」

「違う、ちょっと気を抜いてただけだ」

「口だけならなんとでも言えるぞ」

「よし、本気出すために勝負しよう。先に何か釣り上げた方の勝ちだ」

「いいだろう、受けて立つ」

早速ボウルから練り餌を摑み上げると、「ノリがいいな」と藤吾に笑われた。

「光彦は意外とこういう下らない勝負事に乗ってきてくれるよな」

「下らないとはなんだ。お前が言い出したことだろう」

そうだけどさ、と苦笑して、藤吾も練り餌を手に取った。

「お前は案外素直な性格してるから、何か好きなことを発見できたらあっという間にのめり込めると思うぞ」

指先で練り餌の形を整えながら、藤吾は目元に穏やかな笑みを浮かべた。

「いつかお前が、家族の目も親戚連中の目も気にならないくらい夢中になれるものができるのを祈ってるよ」

柔らかな声と表情に目を奪われる。もう何度目の当《ま》たりにしたかわからない藤吾の横顔。唐突に、これまで藤吾の隣で過ごしてきた二十年近い月日が蘇《よみがえ》った。

藤吾はいつも、当たり前に自分の隣にいてくれた。そしていつも、こんなふうに光彦のことを案じてくれた。

この関係がずっと続くと思っていた。だって自分たちは親友なのだ。親友だから藤吾は光彦のそばにいてくれる。見返りもなく。親友なら、結婚しても、子供が生まれても、ずっと近くにいてくれると思っていたのに。

いつの間にか、手の中の練り餌が歪《いびつ》に潰れていた。それを眺め、光彦はもう一度餌を練り直す。

「……もう、俺のことなんて放っておいたらいいだろう。俺はお前を振ったんだぞ」

藤吾から恋心を向けられていると知ってしまった以上、もう自分たちは親友ではいられない。遠からず藤吾は自分のもとを去っていくだろう。その姿を想像して、光彦は顎《あご》が胸についてしまうほど深く項垂《うなだ》れた。

「なのにお前は、未だに俺が呼び出せば諾々と応じるし、趣味を作れなんて突然言われても拒《こば》まないでこんなところまで来るし、なんなんだ、一体……」

「しょうがないだろ。振られてもまだお前のこと好きなんだから」

釣り針に餌をつけた藤吾が、ひゅっと竿を振って釣り堀の真ん中に針を落とす。

釣り針は小さく、目で追いかけることなどできるはずもないのに、どうしてか光彦には小さな針がとぷりと水に刺さった瞬間が見えた気がした。

釣り堀の中心から同心円状《どうしんえんじょう》に波紋《はもん》が立って、光彦たちのいる堀の縁《ふち》まで広がっていく。そんな光景すら鮮明に見えた気がして、光彦は一つ瞬《まばた》きをした。

「……お前、まだ俺のことが好きなのか？」

呆気《あっけ》にとられて尋ねると、藤吾の横顔に気負いのない笑みが浮かんだ。

「当たり前だろ？　何年お前に片想いしてると思ってんだ。一度振られたくらいで諦めるわけないだろうが」

言い切った藤吾を見上げ、光彦は目を見開く。

（藤吾に告白されてから、俺なんて結婚しろだの趣味を作れだののろくでもないことしか言ってないのに、まだ好きなのか……）

さすがの藤吾も自分に愛想《あいそ》を尽かしているのではないかと思っていたのに、違った。落胆するより安堵して、そんな自分の反応に困惑する。

（なんだ、なんでホッとしてるんだ？　藤吾には、とっとと俺のことなんて諦めてもらわないといけないのに……）

男二人で寄り添って暮らすとなれば、どうしたって周囲の目を気にせざるを得なくなる。家族や親族から激しく反対される可能性もあるし、偏見の目を避けるため自分たちの関係を隠さなければいけないこともあるだろう。

特に光彦はその傾向《けいこう》が顕著《けんちょ》だ。藤吾の手を取ったとしても、周りの目を気にして息を潜《ひそ》めるようにしか生きられない。そうなれば、藤吾にまで窮屈《きゅうくつ》な思いをさせてしまう。

それは困る、藤吾のためにならない。そんなことを真剣な面持《おもも》ちで考えていたら、ふっと視界の隅を黒い影が過《よぎ》った。背の高い男性が、光彦の背後を通り過ぎていく。

釣り堀に来た客だろう。ブラックジーンズに黒いカットソーを合わせ、髪は見事な金髪だ。男性は藤吾の隣のビールケースに腰掛けると、手早く針に餌をつけて釣り堀の縁にそっと糸を垂らす。一連の動作は滑《なめ》らかで、つい目を奪われてしまった。

藤吾も金髪の釣り人が気になるのか、隣に陣取った男性を横目で見ている。

ほどなくして、金髪釣り師がひょいと竿を上げた。餌がついているか確かめるつもりかと思いきや、ざばりと水面から引き上げられたのは、針にかかった真っ黒な魚だ。

「おお！」

光彦と藤吾の口から、ほぼ同時に声が漏れる。突然横から野太い声が上がって驚いたのか、金髪の男性がビクッと肩を震わせた。

何事かとこちらを見た相手に、藤吾が詫《わ》びるように片手を立てた。

「すみません、糸を垂らした途端あっという間に魚を釣り上げてしまったので、驚いて」

「そ、そうですか……？」

「俺たち、もうかれこれ三十分くらい糸を垂らしてるんですけど全然釣れる気配もないんですよ」

ほら、と藤吾が水から針を引き上げる。しかし針の先にはすでに餌がなく「あれ」と藤吾は目を瞬かせた。

「ずっとこんな感じで」

弱り顔で眉を下げた藤吾を見て、相手の顔に笑みが浮かんだ。

「釣り堀来るの、初めてなんですか？　だったらこの堀はちょっと難易度《なんいど》高いかもしれませんよ。鯉《こい》しかいないんで」

「鯉は釣りにくいんですか？」

新しい練り餌を丸めながら藤吾が尋ねる。

「ですね。鯉って吸い込むみたいに餌を食べるんですよ。針にかかった餌も、かじりつくというよりもスポッと吸われるので手応《てごた》えを感じにくいんです。だからちょっと手応えがあったら、もう竿引いちゃっていいですよ」

なるほど、と藤吾は感心した様子で応え、堀の中心に針を投げた。

「あ、待って、堀の真ん中に投げたくなる気持ちもわかるんですけど、魚って池の縁とかにいることが多いんです。影のある部分に隠れたくなるんでしょうね。たまには足元に静かに糸を垂らしてみてもいいと思います」

「へえ、だからさっき近くに糸を落としてたんですね」

藤吾が素直に話を聞いてくれるからか、男性は他にもあれこれ釣りのアドバイスをしてくれた。派手な金髪をしているが、喋《しゃべ》ってみると落ち着いた口調の好青年だ。

光彦がぼんやり練り餌を丸めている間に、二人は自己紹介まで始めてしまう。

「相良《さがら》さんっていうんですか。二十八ってことは俺と同い年ですね。俺は七瀬《ななせ》と申します。釣り雑誌でライターやってるんですよ。まだたまにしか仕事もないんですけど」

よろしくお願いします、と七瀬は屈託《くったく》のない笑みを見せる。

光彦も藤吾の大きな体の向こうから顔を出し、背筋を伸ばして七瀬に会釈《えしゃく》をした。

「黒田《くろだ》と申します。よろしくお願いします」

「黒田さんですか。もしかして、モデルさんとかやってたりします？」

まさか、と光彦は首を横に振る。

「あれ、そうですか？　なんか黒田さんってどっかで見たことがあるような……？」

まじまじと見つめられ、背筋に冷たい汗が浮いた。父親の秘書を務めている兄と違い、光彦は表立って政治活動に参加していない。だが、政治家黒田正光《まさみつ》の次男として、テレビや週刊誌やネットなどどこで顔をさらされているかわからない。

とっさに七瀬から顔を背けたら、藤吾が身を乗り出して七瀬の視線を遮《さえぎ》ってくれた。

「光彦は綺麗な顔してるんでよくそういうふうに言われるんですけど、その実態は単なる社畜《しゃちく》サラリーマンですよ」

「え、本当ですか？　その形《なり》で社畜？　全然見えませんね、むしろセレブの匂いがする」

なかなかどうして、七瀬の嗅覚《きゅうかく》は侮《あなど》れない。あまり詮索してほしくなくて藤吾の大きな体に隠れるようにして餌を丸めていると、藤吾が話題の矛先《ほこさき》を変えてくれた。

「七瀬さんはよく釣り堀に来るんですか？」

「いいえ、普段は海釣りが多いです」

「いいですねぇ。俺もいつか海釣りしてみたいんですよ。でもさすがに初心者がいきなり手を出すのは難しいかと思って、こうして釣り堀に来てみたんですけど……」

未だに当たりのない竿を引き、才能ないんですかね、と苦笑する藤吾に、「そんなことないですよ！」と七瀬が身を乗り出してくる。

「初心者でも行ける海釣りとかたくさんありますよ！　道具も貸してくれるし、全然ハードル高くありませんって。よければいろいろ教えましょうか？」

「いいんですか？　でしたら、ぜひ」

柔らかな物腰で、藤吾はあっという間に七瀬の懐《ふところ》に入ってしまう。七瀬の釣り指導にも素直に従い、ほどなく四十センチほどの鯉を釣り上げ、七瀬とハイタッチなどしていた。

小学生の頃から藤吾は友人が多かったが、こんなふうにすぐさま他人と意気投合できる資質は健在らしい。相手の反応が気になってなかなか打ち解けられない光彦とは大違いだ。

それから一時間ほど釣り糸を垂らし、藤吾は鯉を二匹釣り上げた。光彦は最後まで一匹も釣り上げられず、藤吾との釣り勝負にも敗れてしまったが、よくあることだと七瀬からは慰められた。

「相良さんたち、よかったらこれから一緒に飯食べに行きません？　お勧《すす》めの釣り堀とか紹介しますよ？」

藤吾とあれこれ喋りながら釣りをするのがよほど楽しかったのか、外に出るなり七瀬から食事に誘われた。

光彦は腕時計に目を落とし「俺は明日仕事が早いから遠慮しておきます」と断りの言葉を口にする。時刻はまだ宵《よい》の口で、少しくらい食事につき合ったところで翌日の業務に差《さ》し支《つか》えることもなかったのだが、七瀬と正面から向き合うことはためらわれた。最初に七瀬から「見覚えがある」なんて言われてしまったせいかもしれない。万が一にも父や兄と自分の関係がばれたらと思ったら、くつろいで食事などできるわけもない。

「光彦帰るのか？　じゃあ、俺も今日は……」

光彦の答えを受け、自分も食事を断ろうとした藤吾を「待て」ととっさに止めた。

「藤吾は行けばいいだろう。まだそう遅い時間でもないんだし。趣味の仲間ができるのはいいことだ」

「そうですよ相良さん！　俺も同世代の釣り仲間ができると嬉しいです。職場の人たちはみんな年上なので」

光彦だけでなく七瀬からも食い下がられ、藤吾は困ったように眉尻《まゆじり》を下げた。

「……じゃあ、二人で飯行きます？」

「やった！　ぜひ！」

七瀬が子供のように破顔《はがん》する。それを見た藤吾の顔に、ふっと笑みが浮かんだ。

仕方がないなと言いたげな優しい微苦笑に息を呑む。それが自分以外の誰かに向けられていることに胸を衝《つ》かれた。藤吾が同じ表情を柚希に向けても何も思わないのに、どうしてか今は胸の辺りが重苦しい。

「……じゃあ、俺は先に帰る」

「お疲れ、気をつけて帰れよ」

「黒田さんも次はぜひご一緒しましょう」

背後から藤吾と七瀬の声が響いてきて、光彦は軽く手を上げてそれに応えた。

最寄り駅に向かって歩きながら、無意識に頬の内側を噛んでいた。歩き出してすぐ、やっぱり自分もあの場に留まるべきだったのではないかという後悔が押し寄せてきて眉根を寄せる。

（いや、俺がいない方が二人も気兼ねなく喋れるだろう。藤吾だってこれをきっかけに釣りに目覚めるかもしれないし、趣味の合う友人ができれば万々歳《ばんばんざい》じゃないか。老後も釣り仲間と楽しくやってくれれば何よりだ）

意志の力で足を動かし、なんとか駅前までやってくる。宵闇《よいやみ》迫る駅前には、飲食店の明かりが灯《とも》り始めていた。ちょうど若い男女が色褪《あ》せた暖簾《のれん》をかき分け店に入っていく。お互い少し緊張した面持ちで、今まさに距離を縮めている最中かと思わせるその初々《ういうい》しさに自然と目が引き寄せられた。

二人の姿に、藤吾と七瀬の姿が重なって足が止まった。藤吾の恋愛対象は男性だったと、そんなことを唐突に思い出す。

（藤吾と七瀬さんが意気投合したら……釣り仲間になるにとどまらず、つき合ったりする可能性もあるということか？）

それでは意味がない、止めなくては、ととっさに思い、慌てて首を横に振った。

（止める必要がどこにある。無理に女性に目を向けさせて結婚を強《し》いたところで、藤吾に苦しい思いをさせるだけだ。だったら男同士で楽しく過ごした方がずっといい）

そう思うのに、一度止まった足はなかなか動き出してくれない。

もしも藤吾に恋人ができたら、藤吾は恋人にキスをして、抱きしめて、朝まで同じベッドで眠るのだろう。イタコ小説の中で、藤吾と自分がそうしていたように。

想像した瞬間、見えない手で柔らかく心臓を握りしめられたような息苦しさを覚えた。のみならず、わけのわからない焦燥感《しょうそうかん》にじりじりと身の内を焦《こ》がされる。たまらなくなって踵《きびす》を返したら、後ろから歩いてきた通行人と危うくぶつかりそうになった。

慌てて通行人を避け、光彦は改めて駅前の雑踏《ざっとう》に目を向ける。

藤吾たちと別れてから、もうだいぶ時間が経《た》っている。今さら釣り堀に戻ったところですでに二人はいないだろうし、その後どこに行ったのかもわからない。

（……もう遅い）

人の流れを眺め、漠然《ばくぜん》とそう思った。

携帯電話から藤吾に連絡を入れればいくらでも二人の居場所はわかっただろうし、今からでも食事に参加することはできただろうが、光彦は悄然《しょうぜん》と肩を落として駅に向かった。

もう遅い、という自分の言葉に、予想外に打ちのめされた気分だった。

藤吾《とうご》と釣り堀に行った翌日、携帯電話に藤吾からメッセージが届いた。釣り堀に行ったことを社長に伝えたら思いがけず喜ばれ、社長の釣り道具一式を譲《ゆず》り受けたらしい。年末には社長と一緒に釣りに行くことになったそうで、早速七瀬《ななせ》に連絡をして海釣りのコツなど教わったそうだ。

『そういうわけで来週七瀬さんと海釣りに行くことになった。その前に七瀬さんと釣り道具屋に行くんだけど、お前も一緒にどうだ？』

そんなメッセージも届いたが、悩んだ末に光彦《みつひこ》はその誘いを断った。藤吾と違って自分は釣りに興味がないし、三人で出かけても、藤吾と七瀬が楽しそうにお喋《しゃべ》りするのを無言で眺めているだけになるだろうという予感があった。

『じゃあまた次の機会に』とあっさり引き下がった藤吾から海釣りの写真が送られてきたのは、その翌週のことだ。船の上でライフジャケットを着た藤吾が、釣竿を手に笑っている。一緒に海釣りに行った七瀬に撮ってもらったのだろう。満面の笑みだった。

藤吾も趣味を見つけ、友達もできて、これで後顧《こうこ》の憂《うれ》いもなくなった、と本来なら胸を撫で下ろすところなのだが、写真を見た光彦は一人唇を嚙みしめてしまった。

（俺と一緒にいるときより楽しそうじゃないか？）

うっかりそんなことを思ってしまって頭を抱える。こんなのまるで、友達を取られて拗《す》ねている小学生のようだ。

あまりにも子供じみた理由でイライラしている自分に動揺して、送られてきた写真にも素《そ》っ気《け》ない反応しかできなかった。そんな自分にまた落ち込んだ。

なんとか気持ちを切り替え、ようやく自分から藤吾に連絡を送れるようになったのはそれから数日後のことだ。

週の半《なか》ばを過ぎた頃、土曜日に飲みに行かないかと藤吾を誘ってみた。七瀬と一緒に行った海釣りは楽しかったか改めて尋ねてみるつもりで。それに対して藤吾から返ってきたのはこんなメッセージだ。

『土曜は七瀬さんと飲む約束してるんだ。この前行った釣り堀の隣に美味《うま》い焼き鳥屋があるらしい。釣り堀に寄ってから飲む予定だけど、光彦も来るか？』

光彦はその文面を三回読み返した。上手く読み取れなかったからだ。

四回目でようやく内容を把握すると『今回は遠慮しておく』とだけ返事をしてすぐさま柚希《ゆずき》に連絡を入れた。

土曜日に会えないか、なんでもおごる、と祈るような気持ちでメッセージを送ると、間を置かず柚希から返信があった。

メッセージには「はい」でもなければ「いいえ」でもなく、個室のある高級中華飯店のアドレスだけが張りつけられていた。

柚希は少し癖のある酒が好きだ。光彦が予約した中華飯店でも真っ先に紹興酒《しょうこうしゅ》を頼み、席に着くなり始まった光彦の一人語りを肴《さかな》に手酌《てじゃく》で酒を飲み始めた。

一通り話を聞き終えると、柚希は呆れたように眉を上げて言った。

「そりゃ藤吾君だってあんたの誘いを断ることくらいあるでしょ。他に用事だってあるだろうし。何、まさか本当にそんな理由で今にも死にそうな顔してるの？　嘘でしょ？」

この二週間に起きた出来事を柚希にぼそぼそと伝えていた光彦は、喋っている間に運ばれてきた料理に箸《はし》を伸ばす気力もなく項垂《うなだ》れた。

空心菜《くうしんさい》のニンニク炒めをいきなり二皿注文した柚希は、片方の皿を光彦の前に押し出し、もう一方の皿に直接箸をつけながら尋ねる。

「よっぽど手ひどく断られたとか？」

「いや……よかったら一緒に飲まないかとも誘われた」

「そうなると本気で何に落ち込んでるのかわかんないんだけど？」

光彦はテーブルに並ぶ餃子《ギョウザ》や小籠包《ショウロンポウ》や麻婆豆腐《マーボードウフ》に視線を漂わせ、力なく目を伏せた。

「藤吾から誘いを断られたことなんて、これまで一度もなかったんだ。学生の頃からずっと」

「やだ、藤吾君どれだけあんたのこと甘やかしてんの」

「甘やかす……？」

ぴんとこない表情の光彦を見て、柚希は思いきり顔を顰《しか》めてみせた。

「いつ誘っても絶対オーケーしてもらえるなんて、藤吾君は光彦からの誘いを最優先にしてたってことでしょ。じゃなかったら百発百中誘いに乗ってもらえるわけないよ」

空心菜の炒め物を食べる合間に酒を飲み、柚希は口元に人の悪い笑みを浮かべる。

「でも、さすがの藤吾君もあんたに振られて別の男に目を向けたのかな?」

瞬間、さっと光彦の顔から血の気《け》が引いた。

やはりそういうことなのだろうか。藤吾の中で自分の優先順位が下がってしまったということか。考えただけで貧血でも起こしたように全身から力が抜け、体を支えきれずテーブルに手をついてしまった。

「そんなにショック受けるくらいなら藤吾君の告白断らなければよかったじゃん。結局なんだったっけ、あんたが告白断った理由」

つき合いきれないと言いたげに天を仰《あお》ぐ柚希の前で、光彦はなんとか体勢を立て直す。

「……藤吾の幸せを壊したくない。普通の幸せを摑んでほしくて、だから断ったんだ」

「普通の幸せって、結婚して子供産んでってやつ? でも自分の性的指向をねじ伏せてまで結婚したって幸せになれるとは限らないよね」

「それは……その通りだ。柚希ちゃんのイタコ小説を読んで、それはもう、十分理解した」

「それが伝わったなら何より。ほら、ちょっとは食べなよ。あんたのおごりなんだから」

そう言って、柚希が空心菜の炒め物を勧《すす》めてくる。空心菜は柚希の好物なのだ。

「今頃、藤吾君もイケメン釣り師と飲んでるんでしょ? 藤吾君がそのイケメンと恋人同士になったらどうすんの？　祝福するの？」

柚希に促《うなが》されてのろのろと動かしていた箸を止め、光彦は重々しく頷いた。

「……それが藤吾の幸せなら、祝福する」

「でも、それってあんたが藤吾君と恋人になるのと何が違うの？　傍目《はため》にはゲイカップルであることに変わりないけど」

「お、俺では藤吾を幸せにできない」

「イケメン釣り師なら幸せにできるってこと？」

早々に空心菜の皿を空《から》にした柚希が、餃子に箸を伸ばしながら鋭く切り込んでくる。

「そもそも、あの二人がつき合うと決まったわけでもないし……」

「実際どうなるかは置いといて、想像くらいしてみたら？」

柚希は平気で難しいことを言う。

もしもあの二人がつき合ったら、一体どんな未来を迎えるのだろう。

「だったら、柚希ちゃん……もう一度イタコ小説を書いてくれ」

酢胡椒《すごしょう》で餃子を食べていた柚希が、頬を膨《ふく》らませてこちらを見る。思い詰めた顔で返答を待つ光彦を見ても急ぐでなく、しっかり咀嚼《そしゃく》と嚥下《えんげ》をしてから柚希は口を開いた。

「書いてもいいけど、もし藤吾君がイケメン釣り師とハッピーエンド迎えたらどうすんの？　安心して藤吾君と距離を置くわけ？」

「それは」と言ったきり光彦は言葉を詰まらせる。

例えばほんの一ヵ月前、藤吾から告白される前の光彦なら「男同士でどんなハッピーエンドが迎えられるというんだ」と至極《しごく》真面目な顔で言い返して終わっただろう。

だが、柚希の書いたイタコ小説を読むことで光彦の価値観は確実に変化した。想像したこともなかった未来や、自分では体験し得なかったことを、誰かの言葉から想像するという行為にも少しだけ慣れた。

そのせいか柚希の問いかけを耳にした瞬間、藤吾が七瀬に告白してハッピーエンドを迎える光景が、かつてない鮮明さで頭に浮かんだ。

それだけにとどまらず、幸せそうに手をつないだ二人が藤吾の自宅に向かい、朝を迎え、さらに同棲を始めるところまで滑《なめ》らかに想像は進む。釣りという趣味を介して七瀬は藤吾の職場にも紹介され、ともに老い、定年後に二人で釣り堀に通う姿まで思い浮かんで、光彦は勢いよく椅子から立ち上がった。

その瞬間、光彦の身を貫《つらぬ》いたのは『今ならまだ間に合う』という強い衝動だ。

テーブルが揺れ、食器が跳ねて大きな音を立てる。その騒音で我に返って、光彦は一つ瞬《まばた》きをした。

(——いや、もう遅い)

もう遅い。前にも同じことを思った。

初めて七瀬と出会った日、藤吾と七瀬を釣り堀に残して一人駅前まで戻ってきたときだ。あのとき初めて、藤吾が自分以外の同性とつき合う姿を生々しく想像した。イタコ小説を読んだ後だったこともあり、望まぬ結婚をするくらいなら同性のパートナーを作った方がいいのでは、と素直に思えた。その瞬間、光彦の頭にそれまで一度として浮かんだこともなかった考えが降って湧いたのだ。

もし藤吾が同性の恋人を作っても幸せになれるのなら、その相手は自分でもいいのではないか、と。

長い長い遠回りの末、ようやくその結論に至った光彦は、ほとほと自分に愛想《あいそ》が尽きた。絶望したと言ってもいい。

再び椅子に腰を下ろした光彦は、両手で顔を覆《おお》うとくぐもった声で呟いた。

「柚希ちゃん……俺は、藤吾のことをずっと親友だと思ってたんだ。友達じゃない、もっと特別な、唯一無二の存在だって」

でも、と呟いて、光彦はごくりと唾《つば》を呑んだ。この個室内には柚希しかおらず、他の誰にもこの声は届かないとわかっていても、秘密を打ち明けるのには勇気がいった。

「もしかすると俺は、長いこと親友の意味をはき違えてたのかもしれない。俺にとって藤吾が特別だったのは、親友だからじゃなく、俺が……藤吾のことを、恋愛的な意味で好きだったからなのかもしれない――」

言葉が進むうちに声が小さくなったが、代わりに確信は強くなった。

もう間違いない。自分は藤吾が好きだったのだ。だから過去藤吾に恋人がいたと知ってうろたえたし、藤吾が七瀬を優先したことに落ち込んだ。

光彦の交友関係が広ければ、他の友人に向ける感情と藤吾へのそれが異なることにもすぐ気づけただろう。だが不幸にも光彦には友人と呼べる相手が藤吾しかいなかった。のみならず藤吾は命の恩人で親友だったのだ。多少感情が大きくなるのも当然だと思っていた。

自覚したばかりの恋心を口にした光彦は、ドギマギしながら柚希の反応を待つ。だが、一向に柚希は何も言ってこない。

不思議に思って目を向けると、真剣極まりない表情をした柚希が、箸の先でそっと小籠包をつまみ上げたところだった。

「……ゆ、柚希ちゃん、聞いてる?」

「聞いてる。ていうか、知ってる」

「な、何を?」

「光彦が藤吾君のこと好きだってこと——あ、破れた」

箸の先で小籠包の皮を破ってしまったらしい。小さく舌打ちした柚希を見て、光彦は眦《まなじり》が切れるほど大きく目を見開いた。

「……知ってた? 俺が藤吾を好きだって? 俺自身気づいてなかったのに!?」

なぜ、と身を乗り出した光彦を尻目に、柚希は二つ目の小籠包に箸を伸ばした。

「最初に書いた小説を読ませたとき、あんた藤吾君と結ばれるラストに文句つけてこなかったから。それよりも藤吾君が淋しい老後を送ってることの方がよっぽど問題みたいだったし、きっと自覚してないだけで光彦も藤吾君のことが好きなんだろうなぁって」

「そ……それは、確かに……。でも、そんなことで……？」

「それより前からわかってたよ。親友にしたってあんたたちの距離感おかしいもん」

今度は皮を破らずに済んだらしく、柚希は満足げに小籠包を口に放り込んだ。

「でもよかったよ、光彦がやっと自分の気持ちに気づいてくれて。祝杯《しゅくはい》を上げよう」

そう言って柚希は飲み物のメニューを差し出してきたが、光彦は素直に受け取れない。

「祝杯なんて上げていいのか？　家族からは、道を踏み外したと言われそうだ……」

「光彦の家族ならそれくらい言うだろうね」

嘘でも否定しないのが柚希らしい。家族の反応を想像して項垂《うなだ》れる光彦を眺め、柚希は姉が弟を見守るように目元を和《やわ》らげた。

「周りの目を病的に気にするのはうちの一族に生まれた者の宿命だけどさ、特に光彦はそれが顕著《けんちょ》だね。周りからどう見られるか神経質になって、自分がどうしたいかを置き去りにしがちでしょ。だから自分の恋心にすら一生気づかないいんじゃないかと思ってた。実際藤吾君に告白されたときも、藤吾君が幸せになれるかどうかばっかり気にして、自分は藤吾君のことをどう思ってるのかって視点がすっ飛んでたからね」

「そ……そうだな、言われてみれば……」

「自分がないって言うか、まるっきり空洞みたいに見えてもどかしくなることもあったけど、よかったよ。最後はちゃんと藤吾君への気持ちを自覚してくれて」

こんなに時間がかかると思わなかったけど、と柚希は肩を竦める。柚希がこう言うからには、傍《はた》から見れば気づくのが遅すぎたくらいなのだろう。

だが、当の光彦にとっては自覚したばかりの恋心だ。自分は藤吾のことが好きだったのかとふわふわした気分で反芻《はんすう》していたら、柚希にこんなことを言われた。

「一応書こうか？　イタコ小説。藤吾君が金髪釣り師と恋人同士になったって設定で……」

「い……いらない、見たくない！」

反射的に叫んだら、柚希に声を立てて笑われた。

「フィクションの世界でさえ藤吾君が他の誰かとくっつくのが許せないなら、いい加減藤吾君の告白に応《こた》えてあげなよ。こうしてる間にも藤吾君、イケメン釣り師とつき合っちゃうかもよ」

柚希はけらけらと笑っているが、光彦の顔からは見る間に血の気《け》が引いていく。今まさに、藤吾は七瀬と食事を楽しんでいるのだ。

（これが本当に最後のチャンスになるかもしれない……！）

思い詰めた表情で今度こそ席を立とうとした光彦だが、目の前には食事中の柚希がいる。自分から食事に誘っておいて早々に席を立つのはいかがなものか。

生真面目《きまじめ》な光彦の逡巡《しゅんじゅん》を読んだかのように、柚希は傍らに置いていた自分のカバンを探り始めた。

「行っていいよ。私はここでもう少し飲んでいくから」

「でも、柚希ちゃん一人で……」

「どうせこんなことになるんじゃないかと思ってノートパソコン持ってきた。せっかくの個室だし、酒飲みながら原稿やらせてもらうから気にしないで」

そう言って、柚希は本当にカバンの中からノートパソコンを取り出した。

「ここまでの支払いはよろしく。追加注文した分は自分で払うから」

柚希は画面に目を向けると、もう光彦を見ることもなくひらりと手を振る。

あっという間に目の前の画面に集中してしまった柚希に小さな声で礼を述《の》べ、光彦は伝票を引っ摑んで個室から飛び出した。

最寄り駅に向かう間も惜しく、店の前でタクシーを捕まえて飛び乗る。以前藤吾と一緒に行った釣り堀の名前を告げ、車中から藤吾にメッセージを送った。

まだ店にいるか？　今から会いたい。そうメッセージを送ったが、今日に限って藤吾からの返事がない。よほど楽しく七瀬と飲んでいるのか、それとも無視をされているのかわからず、光彦の顔色は悪くなる一方だ。

タクシーの運転手から「具合が悪いなら止めましょうか?」と不安そうに声をかけられつつ、赤い壁が特徴的な釣り堀の前までやってくる。

車を降りた光彦は、釣り堀の近くにあるという焼き鳥屋を探した。ぐるりと視線を巡らせば、確かにすぐ隣に焼き鳥屋がある。

このときばかりは周囲の目を気にする余裕もなく、暖簾《のれん》をかき分けるようにして店の中に足を踏み入れた。店内はかなりの賑《にぎ》わいで、ほとんど空席がない状態だ。近づいてきた店員に「連れがいるので」と声をかけ藤吾を探すが見当たらない。

慌ただしく店を出てもう一度携帯電話を確認するが、藤吾からの返事はまだなかった。駅前で飲み直しているのだろうか。あるいはもう帰ったか。どちらにしろ駅に行ってみようと歩き始めた光彦は、ほどなく夜道の向こうに見慣れた後ろ姿を発見した。

遠目に見てもわかるあの長身は、藤吾だ。隣にいるのは七瀬だろう。金髪なので遠くからでもよく目立つ。

駅に向かっているのかと思いきや、二人は途中で道を逸《そ》れ、人通りの少ない横道に入っていく。慌ててその後を追い、辿り着いたのは河川敷《かせんしき》だ。まばらに芝の生《は》えた緩《ゆる》やかな坂道を降りた先には、ススキの茂る河原がある。

藤吾と七瀬は川の近くに立って、二人で何やら話し込んでいる。川釣りの話でもしているのかもしれない。

足音を忍ばせて河原に下りた光彦は、腰のあたりまで伸びたススキの中に身を隠して二人に近づいた。

風が吹くと、風下《かざしも》にいる光彦の耳に七瀬の声が微《かす》かに届く。藤吾の声は低すぎて内容まではよく聞きとれない。

「海釣り、面白かったでしょう。また行きましょうよ」

はしゃいだような七瀬の声を聞きながら、光彦は茂みの中で息を潜《ひそ》めた。二人までの距離はほんの数メートルだが、どんなタイミングで声をかければいいのかわからない。

ススキの間からそっと覗き見た藤吾の顔は、暗がりに紛《まぎ》れてよく見えなかった。もしかすると、これまで光彦に向けてくれていたような優しい笑顔で七瀬に相槌《あいづち》を打っているのかもしれない。

光彦はぎゅっと拳《こぶし》を握りしめる。

七瀬に対して嫉妬するなんておこがましい。自分はもう、藤吾からの告白を何度となく聞き流してきたのだから。

(今更好きだと言ったところで、もう遅いだろうか……)

逸《はや》る気持ちに突き動かされるようにしてここまで来てしまったが、急に不安になった。

藤吾と七瀬はまだ何か話し込んでいる。このまま回れ右してしまおうかと弱気になったそのとき、川向こうから強い風が吹いてきて、七瀬の声がはっきりと耳に飛び込んできた。

「そろそろ教えてくださいよ、黒田《くろだ》さんのこと。あの人のお父さん、政治家の黒田正光《まさみつ》でしょう?」

ふいに飛び出した家族の名前にぎくりとして、光彦は中腰の格好で動きを止める。

藤吾はじっと川面に顔を向け動かない。特に返事もしなかったようだが、七瀬は「いいじゃないですかぁ」と舌足らずな口調で続ける。かなり酔っているようだ。

「釣り雑誌のライターも楽じゃないんですよ。先輩たちの使いっ走りさせられて、肝心《かんじん》の原稿は書かせてもらえなくて。全然食っていけないから、普段はネットニュースの記事なんかも書いてるんです。ちょうどゴシップネタとか探してたんですよね。黒田正光って結構有名でしょ? その息子と幼馴染みなら、なんか面白いネタ知ってるんじゃないですか?」

前屈《まえかが》みになったまま、光彦はシャツの胸を握りしめる。

父や兄と違い、光彦はほとんどメディアに露出していないが、人前に立つことが全くないわけではない。だから自分は相手を知らなくても、相手は自分を知っている、という状況に遭遇することも少なくはなかった。

七瀬はいつから光彦が黒田正光の息子だと気づいていたのだろう。どこかで見たことがある、と初対面で言われたが、すでにあのときから目星をつけられていたのか。

背後に光彦がいることも知らず、七瀬はまだしつこく藤吾にネタをねだっている。

「ちょっとしたネタでいいですから。先週だって海釣りに連れて行ってあげたじゃないですか。

今日もいい店紹介したでしょう?」

瞬間、光彦の顔色が変わった。自分の素性《すじょう》を知られて青ざめていた頬に一瞬で血の気が戻る。

(……なんだ、今の言い草は?)

その言い方ではまるで、最初から光彦にまつわるゴシップを聞き出すために藤吾に近づいたようではないか。

そんなことのために、と思ったら、腹の底からふつふつと怒りが湧いてきた。

(七瀬さんは、藤吾の誠実さとか懐の深さに惹《ひ》かれたんじゃないのか? 優しくて、いつも楽しそうに話を聞いてくれて、何を食べても美味《うま》そうな顔をしてくれて、雨が降ろうと雷《かみなり》が落ちようと機嫌よく振る舞える、藤吾のそういう稀有《けう》なところに惹かれたのかと思っていたのに
——……)

自分なら、藤吾のいいところなんて百個でも言えるというのに。

(どれだけその目は節穴《ふしあな》なんだ⁉)

自分が心底大事にしていたものを軽《かろ》んじられたような猛烈な怒りが湧いてきて、光彦は屈めていた体を勢いよく起こした。

河原には強い風が吹いていて、茂みの間で光彦が立ち上がっても川辺に立つ二人の耳にその音は届かなかったようだ。

ススキをかき分け藤吾たちへと近づく途中、脳裏《のうり》に家族の顔が浮かんだ。

七瀬は光彦の素性を知っている。ここで光彦が名乗りを上げれば、どう転んでも面倒くさいことになるだろう。

目立つことはするな、周りに迷惑をかけるな、普通でいろ、問題を起こすなと、幼い頃からさんざん家族や親族から言われてきたし、大人しくそれに従ってきた。

でもその結果、自分には何が残っただろう。

光彦が読書感想文のコンクールで金賞をとっても、運動会でリレーのアンカーに選ばれても、学芸会で主役になっても、家族は誰も光彦に目を向けようとしなかった。誰一人学校に来てくれたことさえなかったのだ。

光彦に「すげぇな」「よくやった」「格好《かっこ》よかったぞ！」と満面の笑みで声をかけてくれるのは、いつだって藤吾だけだった。

そんな藤吾が、出会って間もない七瀬から舐《な》めた態度をとられているのだ。黙っていられるわけなどない。

七瀬の背中に向かって手を伸ばしたときにはもう、家族の顔などきれいさっぱり消し飛んでいた。

「──俺の話をしていたか？」

夜の川から響いてくる、不穏な水音と同化したような低い声が出た。

藤吾と七瀬が同時にこちらを振り返る。藤吾の驚いたような顔には目を向けず、光彦は七瀬にぐっと顔を近づけた。

「俺の話が聞きたいなら直接言ってくれ。ネタが欲しいならくれてやろう」

「えっ、え、黒田さん？　いつから……いや、いいんですか？」

突然のことに目を丸くしていた七瀬の顔に笑みが浮かぶ。しかし期待を込めたその表情は、流れ星のように一瞬で消えた。光彦が一層《いっそう》声を低くして、こう言い足したからだ。

「俺の家族構成を知っているなら言うまでもないだろうが、ライターの一人や二人、社会的に抹殺《まっさつ》することなんて簡単だ。黒田正光の次男にインタビューを依頼するんだ。当然その覚悟があってのことだな？」

七瀬はぽかんとした顔で光彦を見上げていたが、遅れて言葉の意味を理解したのか、ヒュッと喉《のど》を鳴らした。

「いや、そんな！　インタビューなんて大げさな！　ちょっとした世間話をしていただけですから！　あの、俺はもう、これで……！」

七瀬はひきつった笑みを浮かべて一礼すると、大慌てで河川敷の階段を駆け上がっていってしまった。

その後ろ姿を睨みつけていると、藤吾に「おーい」と声をかけられた。振り返ると、藤吾が呆れたような顔でこちらを見ている。

「光彦、いつからここにいたんだ？　全然気づかなかった」

「……ついさっきだ。お前たちが歩いているのが見えたから追いかけてきた。七瀬さんは、俺にまつわる話を聞き出そうとしてお前に近づいたんだな？」

「心配しなくても何も喋ってないぞ」

「そんな心配は最初からしてない」

光彦の即答に、藤吾が軽く目を見開いた。それからどこかむず痒《がゆ》そうな顔で「信頼してもらえて何よりだ」と肩を竦《すく》める。

「でも光彦、さっきの発言大丈夫か？　家族のことなんて引き合いに出して、あれ自体ネタにされかねないぞ。いつもなら絶対あんなこと言わないだろうに、何かあったか？」

河川敷に並ぶ街灯が藤吾の顔をうっすらと照らし出す。暗がりの中でも藤吾が心配そうな顔でこちらを見ているのがわかって、光彦は口元に苦《にが》い笑みを浮かべた。

「……いいんだ。本当に俺が何か不祥事を起こしたところで、父の手にかかれば簡単にもみ消せるだろうからな。さっきの俺の発言だって、万が一ネットに上がったとしても即日削除されるし、七瀬さんの方が仕事を失う羽目《はめ》になるだろう」

口にして、認めてしまったら体から力が抜けた。光彦はずるずるとその場にしゃがみ込み、膝に額を押しつけて呟く。

「最初から、俺なんて何をしても、しなくても、家族にとっては大した話じゃなかったんだ。ただ、火消しが面倒だから大人しくしていろと言われていただけで……」

見る間に声が尻すぼみになる。わかっていた。そんなことはもう、とっくの昔から。光彦がどんな素晴らしい成果を出しても、家族はそれに言及《げんきゅう》しない。反対に、光彦がテストで百点を取れなくても、護衛を撒《ま》いて姿をくらませても、藤吾や柚希と一緒にファーストフード店やカラオケに入り浸《びた》るようになっても、家族からなんらかの注意やお咎《とが》めを受けたことはなかった。それどころか、家族が光彦のテストの点数や、放課後の過ごし方を把握していたかどうかすらわからない。

みんな自分に興味などないのだ。

そんなことはわかっていたけれど認めたくなくて、普通に、正しく、完璧であろうと努力を重ねた。

そうしたら、いつか家族が振り返ってくれるかもしれないと期待して。

そうはならないことくらいとっくに理解していたくせに、必死でその事実から目を背《そむ》け続けていただけだ。

「……馬鹿みたいだ。何年も意地を張って」

膝を抱えて呟いたら、傍《かたわ》らでがさがさと草が揺れる音がした。藤吾もその場にしゃがみ込んだらしい。

きっと藤吾は、光彦よりずっと客観的にこの事実に気づいていたはずだ。ようやく理解したかとさぞ呆れているかと思いきや、返ってきたのは笑い交じりの柔らかな声だった。

「いいんじゃねぇか？　こういうのは本人の気が済むまでやらないと禍根《かこん》が残るもんだからな」

どこか楽しげですらある声に驚いて顔を上げると、しゃがみ込んだ藤吾と至近距離で目が合った。ススキや背の高い雑草で街灯の光が遮《さえぎ》られてその表情は見えにくくなっているはずなのに、目元に浮かぶ笑みが深くなったのが確かにわかって息を詰める。

「むしろよかったじゃねぇか。気の済むまで家族の望む通りの行動をとって、もういいやって思えたんだろ？　だったら後はお前の好きなようにやればいい。今まで大人しくしてた分、これからは存分に大暴れしてやれ。尻ぬぐいなんて全部家族に任せちまえよ」

自己嫌悪に押しつぶされそうになっている光彦を慰めるでなく、藤吾は楽しげに笑う。これからどんな悪戯《いたずら》をしてやろうと画策《かくさく》する小学生のように。

その顔を見たら、胃の奥に鉛《なまり》を詰めたような息苦しさが、ふっと溶けて消えた。

家族から一切関心を寄せられていなかった事実を認めるのは辛《つら》い。でも、認めた後に何をしよう、と藤吾が隣で笑ってくれる。

みぞおちの辺りでわだかまっていた硬くて重いものが消えたら、今度は炭酸の栓《せん》を抜いたときのように熱いものが勢いよく噴き上がってきて、光彦は再び膝に顔を押しつけた。

「……お、俺は、自分がどうしたいかより、周りにどう見られるかばかり気にして……お前の告白にも、正面から向き合えなかった。本当に悪かった——……」

鼻の奥が痛い。喉も妙な具合に痙攣《けいれん》して声が震えてしまう。目の縁《ふち》に溢れてきた涙はどうあっても押し戻すことができず、光彦は固く膝を抱きしめた。

しゃがみ込んだせいで地面が近い。なんだか小学生の頃に戻ってしまったような気分で、切れ切れに続けた。

「藤吾の生き方や、感情を否定するようなことを言って、ごめん……。正しいとか普通だとか、そんなもの、他人が決めることじゃなかったのに……」

以前、柚希にも言われたことがある。あんたの言う『まっとう』がどんなもんだかよくわかんないし、盛大《せいだい》に余計なお世話だと思う、と。

その通りだ。今なら藤吾に対して自分がどれだけ傲慢《ごうまん》な発言をしていたかわかる。気づくのが遅すぎて身が竦んだ。スラックスの膝頭に涙がしみ込む。

せめて嗚咽《おえつ》を漏らさぬように唇を噛んでいると、頭に温かい重みがかかった。藤吾の掌《てのひら》だと思う間もなく、手荒に頭を撫でられる。

「構わねぇよ。お前はお前なりに、俺が幸せになれるように頑張ってくれてたんだろ？　大丈夫だ、わかってる」

「お、お前……っ」

ここは怒っていいところだぞ。さすがに人が好過《よ》ぎるんじゃないか？　そう言ってやりたいのに声が出ない。代わりに涙ばかり出てしまう。

本格的に声を上げて泣いてしまう前に、無理やり嗚咽を噛み殺して顔を上げた。だが、視界は涙で濁《にご》っていて、藤吾の顔がよく見えない。不安になって何度も瞬《まばた》きをすると、藤吾が笑いながら光彦の頬を拭ってくれた。緩く握った拳でぐいぐいと涙を拭《ふ》くその仕草がなんだか藤吾らしくて、光彦はやっとの思いで声を上げる。

「まだ、お前からの告白の返事を、ちゃんとしてなかった……。でも、もう、遅いか？」

喘《あえ》ぐように息を吸い、光彦は藤吾に向かって手を伸ばした。

「俺も、藤吾のことが好きなんだ」

指先が藤吾の腕に触れる。次の瞬間、伸ばした手を勢いよく藤吾に摑まれた。そのまま引き寄せられ、バランスを崩して前に倒れ込む。慌てて地面に手をつこうとしたら、ドッと藤吾の胸に体がぶつかった。

地面に膝をついた藤吾が、倒れ込んできた光彦の体をしっかりと受け止める。突然のことに硬直する光彦を抱きしめ、藤吾は小さく胸を震わせて笑った。

「遅くねぇよ。こっちはお前の石頭が柔らかくなるまで、あと十年くらい気長に待つつもりでいたんだ。むしろ早いくらいだ」

十年、と思わず繰り返してしまった。気が長いにも程がある。

藤吾はまだ胸を震わせて笑っている。胸どころか肩まで震えていて、光彦は目を見開いた。

「馬鹿だな。もう遅いか、なんて……」

背中に回された藤吾の腕に力がこもる。耳元で、万感《ばんかん》を込めた藤吾の声がした。

「俺がこの瞬間をどんなに待ってたかも知らないで――……」

それは柚希の書いた小説の中で、年老いた藤吾が口にしたのと同じセリフだった。

七十代、四十代の藤吾が、作中のラストで涙交じりに光彦を抱きしめていたのを思い出し、光彦も両腕を伸ばして藤吾を抱き返した。

「すまない、一度は突き放すようなことを言って。最初からお前は、俺の一番だったのに」

藤吾が他の誰とも比べることができない唯一無二の存在であることはもうずっと前からわかっていたのに、それが恋愛感情であることに気づけなかった。

すまない、と再三《さいさん》詫びると、藤吾の背中が小さく揺れた。泣いているのかとどきりとしたが、耳元を掠《かす》めたのは柔らかな笑い声だ。

「本当にな。俺のこと好きで好きでしょうがないって顔で見詰めてくるくせに、本人が全然自覚してないからどうしてやろうかと思った」

ぎょっとして、光彦は藤吾の体を押し返す。見上げた藤吾の顔は涙に濡れてなどおらず、にやにやとした笑みが浮かんでいた。

「まさか……お前まで俺の恋心に気づいてたのか⁉」

「ん？　お前までって？」

「ゆ、柚希ちゃんにもばれてたんだ……」

ここに来る前に柚希に会っていたことを打ち明けると、「柚希さんか」と苦笑された。

「ばれるに決まってるだろ。自覚してなかったのなんてお前ぐらいだ。この件に関しちゃ、もうずっと前から柚希さんと一緒になってどうしたもんかって頭抱えてたからな」

笑いながら、再び藤吾が光彦を胸に抱き込んでくる。

「でも、ようやくだ。ようやくこうして俺の腕に収まってくれた」

藤吾の深い溜息が髪を撫で、背中にしっかりと回された腕や、触れ合う胸から、ゆっくりと体温が伝わってくる。

離れがたい、と思った。できればずっとこうしていたい。だが、こんな屋外《おくがい》ではいつ人が来るかもわからず落ち着かない。

迷った末、光彦はおずおずと口を開いた。

「と……藤吾、よかったら……少し俺の家で飲んでいかないか？」

口にしながら、思い出したのは二本目のイタコ小説だ。作中では居酒屋からの帰り、もう少し飲もうと藤吾が光彦を誘って自宅に移動していた。

イタコ小説の展開をなぞったら、あの小説の通りに話が進んでしまうのだろうか。二人が朝を迎える直前、空白の一行の間には何が起きていたのだろう。そんなことを悶々《もんもん》と考えていたら、背中に回されていた藤吾の腕が緩んだ。

「そうだな、軽く飲み直すか」

そう言って先に立ち上がった藤吾は、普段と変わらぬ笑みを浮かべている。恋人同士になったからといって、そう劇的に態度が変わるわけでもないらしい。

親友と恋人の大きな違いはまだよくわからないな、などと思いつつ、光彦も差し出された藤吾の手を取って立ち上がった。


駅まで歩いて電車に乗り、向かった先は藤吾《とうご》の家だった。

イタコ小説の中では、光彦《みつひこ》の部屋に藤吾を招き入れる展開だったはずだが、やはり現実は小説通りにいかないらしい。この調子では、小説の中のように告白後に即一線を越えることもないのかもしれない。

そんなふうに思っていたのだが、本当に現実は小説の通りにいかない。

何度か訪ねたことのある藤吾のアパートまでやってきた光彦は、室内に入るなり靴を脱ぐ間もなく壁に背を押しつけられ、藤吾にキスをされていた。

「え……っ、と、ぅ……っ」

まだイタコ小説の筋書きが頭に残っていたせいで、まずは二人で酒を飲むのだと勝手に思い込んでいた光彦は、予想外の展開に驚いてろくに動くことすらできなかった。

ここまで移動してくる間、藤吾は至って普通の様子だった。海釣りの感想を教えてくれたり、板金《ばんきん》工場の社長からもらった釣り道具について話してくれたり、七瀬《ななせ》のことに腹を立てる光彦を宥《なだ》めたり、本当に普段と変わらなかったのだ。

それなのに、部屋に入った途端箍《たが》が外れたように抱き竦められ、壁際まで追い詰められてキスをされてしまった。

「藤吾……っ、ま、ま……っ、んん……！」

喋《しゃべ》ろうとして口を開くと、唇の隙間から容赦《ようしゃ》なく舌が入ってくる。

嚙みつくようなキスだった。柚希《ゆずき》の小説に出てきたキスシーンとはまるで違う。片手で後頭部を摑まれ、腰にもがっちりと藤吾の腕が回されているので身じろぎすらできない。ときどき唇を吸い上げられ、キスの合間に切れ切れに名前を呼ばれた。

「……光彦、光彦――……」

まだ玄関の明かりもつけていない室内は真っ暗だ。闇の中に響く藤吾の声は切なくて、胸を絞《しぼ》られるような気持ちになった。

光彦が藤吾への恋心を自覚したのはほんの数時間前だ。わかってしまえば藤吾への想いが胸から濁流《だくりゅう》のように溢れてきて、焼き鳥屋へ向かうタクシーの中で何度も叫びそうになった。移動時間はほんの一時間足らずだったが、これまでの人生で一番長く感じたかもしれない。

好きな相手がどこを見ているのかわからないあの焦燥感を、藤吾はもう十年以上味わい続けていたのだ。

光彦は体の力を抜き、藤吾の背中に自ら腕を回した。闇に身をゆだねるように瞼《まぶた》を閉ざせば、絡《から》まり合う舌の感触が鮮明になる。抱きしめた藤吾の体温が全身から伝わってきて、蕩けるようだと思った。

思うさま唇を貪《むさぼ》られ、ようやくキスがほどけたときには膝から力が抜けていた。

「そういえば見合い、どうなった？」

壁に凭《もた》れるようにしてなんとか立っていると、藤吾に軽く唇を噛まれた。

「ん……み、あい……？」

「その後、特に進展はないのか？」

「な……ない、から、やっぱりあれは、ん、ただの冗談、だったのかもしれない……」

こちらが喋っているのもお構いなしでキスを仕掛けられ、光彦は軽く藤吾から顔を背けて続けた。

「俺は、冗談と本気を見分けるのが下手なんだ。こっちは本気で見合いを受けるつもりでいたが、相手はそうでもなかったらしい」

そうか、と呟いて、藤吾が光彦の首筋に顔を埋《うず》めてくる。肌に吐息がかかってくすぐったい。同じ場所に唇が触れ、軽く吸い上げられて喉《のど》が鳴った。

「で、でも、もしも今後、同じような話が出ても、そのときは断るつもりだ」

じりじりと吸い上げられたと思ったら、今度は柔らかく歯を立てられた。闇の中に響く藤吾の息遣いはいつもより速くて、こちらまで急《せ》き立てられる気分になってくる。

「家族から強く見合いを勧《すす》められても、断るのか？」

尋ねられ、光彦は喉をのけ反《ぞ》らせた。

「当然だろう……！　家族なんかよりお前の方がずっと大事だ！」

何を今更、と大きな声で答えたら、再びキスで唇をふさがれた。

光彦はもう抵抗もせず、素直に唇を開いて藤吾の舌を受け止める。

まだ玄関に入ったばかりだというのに、二人してキスに夢中になって靴を脱ぐことすらできない。藤吾の大きな体に圧《お》し潰されるように抱きしめられるのも、口の中の敏感な部分を教え込むようにキスをされるのも気持ちがよくて、飽きることなく唇を寄せ合った。

「ん……、あ……ぁ……んっ」

藤吾に下腹部を押しつけられ、合わせた唇の隙間から声が漏れた。光彦だけでなく藤吾のそこもすっかり昂《たかぶ》っている。どちらからともなく腰が揺れ、吐く息がどんどん速く、熱くなっていく。

もどかしくなって光彦が鼻を鳴らすと、藤吾が光彦のベルトに手をかけてきた。

「あ……っ、な、何……っ」

ガチャガチャとバックルが鳴り、さすがに驚いて顎《あご》を下げてしまった。キスが途切れ、頬に藤吾の息がかかる。

「触りたい、駄目か？」

口早に囁かれて声を詰まらせる。口ごもっていると、藤吾が珍しく苛《いら》ついた調子で舌打ちをした。

「お前、休みの日まで律儀《りちぎ》にベルトなんて締めてきやがって……」

「し、仕方ないだろう、ベルトがないと落ち着かない……！」

「今度から俺の家に来るときはジャージで来い」

無茶なことをと呆れている間にベルトが解かれ、スラックスのホックまで外された。慌ただしい手つきで下着の上から性器に触れられ、目の前の藤吾の胸にしがみつく。

「あ、あ……っ、ばか、こんな所で……！」

玄関の扉を隔《へだ》てた向こうはアパートの共用部である廊下だ。誰かが通りかかったら玄関先の声が聞こえてしまう。

1Kのアパートなら玄関からほんの十秒でベッドに辿《たど》りつけるのに、藤吾は周りが見えなくなった様子で光彦の耳を嚙み、屹立《きつりつ》を扱《しご》いてくる。

「……っ、この、お、落ち着け！」

苦し紛《まぎ》れに手を伸ばし、藤吾の下腹部に触れてやった。ワークパンツの上から触れたそこはすっかり硬くなっている。こちらを煽《あお》る藤吾の手が止まったのでほっと息をついたら、藤吾の下腹部に伸ばした手を摑まれた。振り払われるのかと思いきや、鼻先が触れるほど顔を近づけてきた藤吾にこう言われた。

「どうせ触るなら、ちゃんと触ってくれ」

藤吾の声はかつてないほど低い。一体どんな顔をしているのだろう。いい加減玄関先の明かりをつけたかったが、それより先に藤吾が自身のワークパンツを引き下ろした。

「え、ちょ、おい……っ！」

止める間もなく光彦の下着も下ろされ、中途半端に局部だけ露出させた状態で互いの下半身をまさぐり合う。

傍から見たらひどく滑稽《こっけい》な姿だったろうが、どうせ暗闇の中では何も見えない。それよりも、直接屹立を握り込んできた藤吾の掌の熱さに腰が砕けてしまいそうだった。

「あ……あ、ぁ……っ」

数回擦《こす》り上げられただけで先端から先走りが溢れてきた。ぬるぬるとした感触がたまらなくて、喉の奥から聞いたこともないような高い声が漏れる。それを必死で噛み殺していたら、耳元でねだるように藤吾から名前を呼ばれた。

触ってくれ、と乞われていることに気づき、光彦もおずおずと藤吾の屹立を握り込んだ。手の中でそれがどくりと脈打った気がして、ゆるゆると掌を上下させる。

「……光彦、もうちょい強く」

「ん……こ、こうか……？」

「こんぐらい」

藤吾の指先に力がこもる。力強く扱き上げられ、本気で腰が落ちてしまいそうになった。

「あ、あっ、ん……っ」

「ほら、これくらい。できるだろ……?」

耳元で囁かれ、光彦も必死で指先に力を込める。弾《はず》んだ息遣いと粘着質な水音が玄関先に響いて、かぁっと耳が熱くなった。

「あっ、あ……んっ!」

指先で先端を責められて高い声を出すと、やんわりと藤吾に唇を噛まれた。

「声、外に漏れるぞ」

ならば部屋の奥に連れて行け、と思ったが、光彦自身こんな状態ではこの場から動けない。さりとて藤吾の好きにさせているのも癪《しゃく》で、空いている左手で藤吾の胸倉を摑み自分の方へ引き寄せた。

「だったら、ふさいでおけ……!」

互いの鼻先がぶつかって、ふっと藤吾が笑う気配がした。返事の代わりにキスをされ、そのまま深く舌先が絡まり合う。

「ん、ん……っ」

キスのおかげでくぐもった声しか出なくなったのはいいが、手加減なく唇を貪られて酸欠を起こしそうになった。

口の中を舌で掻《か》き回され、大きな手でつけ根から先端まで扱き上げられて、あっという間に限界が見えてくる。

「ん、ん、んん……っ！」

最後は快感に抗《あらが》いきれず、喉の奥で声を押しつぶすようにして吐精《とせい》した。

光彦が痙攣するように体を震わせたのに気づいたのか、藤吾も喉の奥で低く唸《うな》ってようやくキスをほどいてくれた。

玄関先に荒い息遣いが響く。光彦の掌からとろりとした体液が滴《したた》って、藤吾も達したのだと遅れて理解した。

「……服が汚れた」

放心状態で呟くと、藤吾に小さく笑われた。

「全部脱いじまおう」

闇の中で手を引かれ、ようやく靴を脱いで部屋に上がった。着ていたものを脱衣所ですべて取り払われ、藤吾と二人で浴室へ入る。

光彦はざっとシャワーを浴びて済ますつもりだったのだが、藤吾の方は違ったらしい。後ろから抱きすくめられたと思ったら、石鹸《せっけん》をつけた掌で全身を余すところなく洗われ、濡れた肌に舌を這わされて、浴室でも何度か絶頂に導かれた。おかげで浴室を出る頃には、すっかりくたくたになっていた。

全裸のまま、まだ少し水気の残る体でうつぶせにベッドに倒れ込むと、すぐに背中から藤吾がのしかかってくる。

藤吾も浴室で逐情《ちくじょう》したおかげかだいぶ落ち着いたようだ。機嫌よく光彦の首筋にキスをしてくる。

「……まだするのか?」

腰の辺りを撫でられ、光彦は上擦《うわず》りそうな声をなんとか抑えて尋ねた。

「したい。無理か?」

肩越しにこちらを覗き込んできた藤吾の目には笑みが浮かんでいる。光彦が無理だと言えば、きっと引き下がってくれるだろう。だが、その目の奥に燠火《おきび》のような欲がちらついているのは隠しようもない。

この熱に、どうして長年気づかずにいられたのだろう。

わかってしまえば見詰められるだけで肌があぶられるようで、光彦は熱っぽい溜息をついた。

「……好きにしてくれ。鈍感過ぎた俺が悪い。積年《せきねん》の恨みが晴れれば何よりだ」

溜息交じりに呟き、身をよじって藤吾に手を伸ばした。藤吾も自ら首を伸ばして、大きな猫のように光彦の手に頬をすり寄せる。

「別に恨んじゃいない。お前のそういう鈍感なところも含めて好きになったんだ」

それなのに、と藤吾はうっすらと目を細める。

「好きにしてくれなんて言われたら、本当に好き勝手しちまうぞ……?」

光彦の腰を撫でていた手が移動して、尾骶骨《びていこつ》を撫で下ろされた。指先はさらに下り、自分でも触れたことのない窄《すぼ》まりに辿りついて、光彦はかぁっと目元を赤くした。

「……お、お前が、そうしたいなら」

藤吾が意外そうな顔で手を止める。もっとぴんと来ない顔をされると思っていたのかもしれない。

光彦だって具体的な知識があるわけではないが、柚希の書いたイタコ小説を読んだ後、少しだけ調べたのだ。あの空白の一行の間に、二人がどんな行為に及んでいたのか。

「上手くできるかは知らないぞ……」

シーツに横顔を押しつけてぼそぼそとつけ足すと、藤吾に力いっぱい抱きしめられた。

「いいんだな？　遠慮しないぞ」

「構わないが、失敗するかもしれない」

光彦には恋愛経験がない。誰かとつき合うことはおろか、キスをするのも今日が初めてだ。

藤吾を興《きょう》ざめさせてしまわないかと不安になったが「わかってねぇな」と苦笑された。

「お前にこうやって触れられるだけでも十分幸せなんだ。どう転んでも失敗になんてなるわけないだろ」

光彦の頬に指を添えて上向かせた藤吾が、柔らかく唇をついばんで笑う。かつてなく浮かれた顔で笑う藤吾を見ていたら、不安や緊張が少し和《やわ》らいだ。

光彦は寝返りを打つと、正面から藤吾の体に抱きついて目を閉じた。すぐさま抱き返してくれる腕が温かい。全身の体温を確かめるように肌を擦り合わせていると、ときどきたまらなくなったように藤吾が喉元に柔《やわ》く噛みついてきて、甘やかな声が出た。

誰かに求められるのは、なんて幸福なことだろう。家族が教えてくれなかったことを、光彦は藤吾に教わった。

枕元に手を伸ばした藤吾が、何かのボトルを掴んで引き寄せる。なんだろう、とまじまじ見ていると「ローション」と短い説明が降ってきた。

「……なぜそんなものが」

「ちょっと興味があって」

どんな興味だ、と問い返してみたが、藤吾は唇の端で笑うばかりで答えない。

「ローションなんていつも枕元に置いてるのか？」

「まさか。風呂から出た後慌ててベッドに放り投げた。お前、ふにゃふにゃだったから気づかなかったんだろ」

掌にローションを垂《た》らす藤吾を見上げ、今だって十分ふにゃふにゃだ、と口の中で呟いた。膝を開かされ、脚の間に藤吾が割って入ってきても、恥ずかしがるだけの体力もない。近づいてくる藤吾の顔にぼんやりと見惚《みと》れるばかりだ。

「……ん」

ローションをまとった指先が窄まりに触れ、慎重に奥に入ってくる。

「ん、ん……んっ」

「痛いか？」

すでに何度も達しているせいで、ぐったりとシーツに投げ出された体にはほとんど力が入らない。そのおかげか、藤吾の指先もすんなりと奥まで沈んでいく。さほど痛みもない。

「大丈夫、だ……」

とろりとした目で藤吾を見上げると、張り出した藤吾の喉がごくりと上下した。

「……もう少し深くしても？」

「う、ん……」

「きついと思ったら止めてくれ、がっついちまう」

すでに体力が残っていない光彦とは違い、藤吾の目はまだぎらぎらしている。その目を見ていたら、汗が引いて冷えかけていた肌に、またじわじわと熱が戻ってきた。

「あ、あ……っ、そ、そこ……」

「ん、痛むか？」

光彦は小さく首を横に振る。痛いというより、指先で押し上げられると痺《しび》れるような場所があって、なんだか怖かった。

「つ……っ、強い……、から」

「もうちょっと優しく?」

藤吾が同じ場所をゆるゆると指で探る。弱い力で奥を掻き回されると、動きに合わせて切れ切れの声が出た。

「あ、あ……あっ、ん……っ」

「すっかり蕩《とろ》けてるな?」

藤吾が嬉しそうに目尻を下げる。光彦は涙目で藤吾を睨み、弱々しくその腕を叩いた。

「お前が、ベッドに来るまで、さんざんあれこれしたからだろうが……っ」

「そうだな、おかげでこんなにぐずぐずだ」

内側を探る指が一本増えて、光彦は喉をのけ反らせた。痛みこそないが圧迫感に息が詰まる。浅く息を吐いていると、呼吸を促《うなが》すように唇を舐められた。

「は……っ、ぁ……ん、ん……っ」

身じろぎしたら下腹部に力が入って、奥を突かれる感触が鮮明になった。ごつごつとした藤吾の指の形を思い出したら、腰の奥がじんわりと熱くなる。

ゆったりとした動きがもどかしくなって藤吾の腕に爪を立てると、察したように指を増やされた。さすがにひきつれるような痛みを感じたが、藤吾がキスをしながらゆっくりと指を動かすと、それも溶けて消えてしまう。

息苦しいのに気持ちがいい。藤吾の大きな体にのしかかられて、重たいのに気持ちがいいのと少し似ている。

「藤吾……藤吾、もっと……」

陶然《とうぜん》とした表情で光彦がねだると、「無理してないか？」と顔を覗き込まれた。

してない、と答える代わりに藤吾の首に腕を回して引き寄せる。

テクニックも何もない、押しつけるようなキスしか光彦にはできない。それでも至近距離から視線を合わせれば、藤吾を欲しがる気持ちはきちんと伝わったらしい。

藤吾は獣のように喉の奥で唸ると、指を引き抜いて光彦の脚を抱《かか》え上げた。

「……ゆっくりな」

光彦に告げるというよりは、自分に言い聞かせるように呟いて、藤吾がじりじりと腰を進めてくる。

「ん、ん……っ、ぁ、あっ」

狭い場所を押し広げられる感覚に背中が弓なりになる。自分の心臓の音が邪魔で、藤吾が何か言っているのによく聞こえない。多分、大丈夫かとか、痛くないかとか、こちらを案じる言葉を口にしているのだろう。心配そうな顔を見ればそれくらいはすぐにわかった。

（お前はいつも、そうやって……）

子供の頃からずっとそうだ。藤吾はいつもそばにいて、光彦のことを案じてくれた。きっと四十代になっても七十代になっても、やっぱりそばにいてくれるのだろう。

想像したら、多幸感で胸の奥が蕩けそうになった。肉体の苦痛など遠くに押し流され、光彦は藤吾の首を抱き寄せてキスをねだる。

「……キスが好きか？」

息を弾ませた藤吾の声が微かに耳に届いて、小さく頷く。

「じゃあ、ずっとふさいでおこう」

俺も好きだ、と囁いた藤吾に唇をふさがれる。熱い舌が歯列《しれつ》を割って入ってきて、陶然と目を眇《すが》めたところで下から藤吾に突き上げられた。

「んん……っ！」

重たい衝撃に驚いて、藤吾の舌に軽く歯を立ててしまった。詫びようとしたが、藤吾が構わず舌を絡ませてくるものだからまともに喋れない。

「ん、ん……っ、ぅ、ん……っ」

身じろぎもできないほど強く抱きしめられ、緩慢《かんまん》に揺すり上げられて喉が震えた。ゆったりとした律動とは対照的に、キスは噛みつくような性急さだ。音がするほど激しく唇を貪られ、睫毛《まつげ》の先を震わせる。

絡め取られた舌を吸い上げられ、腹の奥が絞《しぼ》られるように収縮した。同じタイミングで奥を穿《うが》たれ爪先《つまさき》が跳ねる。藤吾を受け入れた場所が突如融点《とつじょゆうてん》を超えたかのように、ぐずぐずに溶けて崩れていく。

「んっ、ぅ……っ、は、あっ、あぁ……っ」

ようやくキスから解放されたときはもう、光彦の唇からは滴るような嬌声《きょうせい》しか出てこない。闇雲に腕を伸ばして藤吾の背中にしがみつくと、突き上げる動きが大きくなった。耳を掠める藤吾の呼吸は荒々しく弾んでいて、その興奮しきった息遣いに煽《あお》られる。

「あ、あっ、あ……っ」

追い詰められて息が上がった。光彦を抱きしめる藤吾の腕にも痛いくらい力がこもり、全身を圧する重さと熱に骨ごと溶けてしまいそうだ。

「は……っ、光彦……っ」

耳元で名を呼ばれ、その切迫した声音にブワッと全身の産毛が立ち上がった。内側が痙攣するように収縮して藤吾自身を締めつける。

「あ、あ……っ、あぁ――……っ」

滑らかな先端で最奥《さいおう》を叩かれ、目の前が白くなった。長々と尾を引くような自分の声が遠くなる。

藤吾が自分を呼ぶ声すら聞こえなくなって、光彦の意識はそこで途切れた。

小説というものは、思った以上に読む者の意識に強く残るらしい。

イタコ小説の中で一線を越えた四十代の自分たちはベッドの中で朝を迎えていた。だから目を開けたとき、まだ室内が薄暗かったことに少なからず光彦は驚きを覚えた。

「起きたか？」

すぐ近くで声がして、ぐるりと視線を動かすと斜め上に藤吾の顔があった。さらに目を動かし、自分が藤吾に腕枕をされている状態であることに気づく。

光彦の額に唇を寄せた藤吾が「無理させて悪かったな」と囁く。甘ったるい声に耳が溶かされそうで、肩を竦めて藤吾から目を逸らした。

「……俺は、寝てたのか？」

「十分くらいな」

イタコ小説の中では、自分は朝まで目覚めなかったはずだが。そんなことを考えていたら、藤吾にさらりと髪を撫でられた。

「どうした、気分でも悪いか？」

労《いた》わるように後頭部を撫でられ、いや、と首を横に振る。

「イタコ小説のことを考えてたんだ。実は……俺も柚希ちゃんにイタコ小説を依頼していて」

藤吾が「へえ」と眉を上げる。

「俺と光彦の？」

「そうだ。ただの創作物と言ってしまうにはあまりに真実味があって驚いた。もしかしてあれは、本物だったんだろうか……」

真顔で呟く光彦に、藤吾も真剣な表情で相槌を打つ。と思ったら急に顔を伏せ、肩を震わせ始めた。何かと思えば、声を殺して笑っている。

「なんだ？　何がおかしい」

「いや、お前が本気でイタコ小説信じてるみたいだったから、つい……」

俯《うつむ》いて笑いを噛み殺している藤吾を見て、光彦はむっと眉を吊り上げた。

「お前だってあの小説を読んだら笑っていられなくなるぞ！　それに、柚希ちゃんのＳＮＳにだって当たるってコメントがたくさんついてたじゃないか」

あれか、と呟いてやっと藤吾が顔を上げる。

「あれは単に、柚希さんの小説を読んだ人間がそれをロールモデルにして行動したら上手くいったってだけだろ。物語の主役なんて前向きで積極的なことがほとんどだし、その行動を真似すればなんだかんだ事態は進む」

「だとしても、物語の筋《すじ》をなぞれば現実の恋が上手く行くとは限らないだろう？」

「だろうな。柚希さんの小説に出てくる自分の行動をトレースしても、上手くいかなかった人だっていっぱいいると思う」

「……それはまずいだろう。詐欺《さぎ》扱いをされかねない」

俄《にわ》かに柚希の進退が心配になり、せめて連絡のひとつも入れておこうと身を起こしかけたら

表紙＆カラーつき★
大人気連載!!
カラーつき★
最終回!!
長浜 To Be, or Not To Be
スカーレット・ベリ子
「堕落家族論」
鶴亀まよ
巻頭カラー☆
大人気連載!!
「なつめさんは開花《ほころ》びたい」
マミタ
サヒ
Collection：斉川 冬
奇数月30日発売
2023 11
極上の愛に酔うBLマガジン
ON SALE
あずみつな／斉川 冬／しえろ
ずんだ餅粉／鯛野ニッケ／夏目イサク
七瀬／猫野まりこ／ユキムラ×一穂ミチ
ショートコミック 千野 ち／氷室 雫／堀江蟹子
イラストリレーエッセイ「萌えモノ語り」：ときしば
アカウント @hakkaplus
小説ディアプラス編集部公式X（旧 Twitter）アカウント @n_dearplus

ドラマティック＆♥な、ボーイズ・ラヴ・ノヴェル!!
COVER ILLUSTRATION：北沢きょう
小説ディアプラス Dear+ アキ 2023 AUTUMN
特別定価 968円(本体880円+税)
3、6、9、12月の20日発売
第68回 小説ディアプラス・ペーパーコレクション
かわい恋
NOW ON SALE!
カラーつき♥もふもふ♥
本紙初登場♥
かわい恋 ×yoco
元王子×孤児、月夜のもふもふ年の差FTラブ♥
カラーつき♥もふもふ♥
宮緒 葵 ×草間さかえ
複数もふもふプレイ解禁!?真夏の因習物語。
名倉和希 ×カワイチハル
久我有加 ×亀井高秀
巻頭カラー♥もふもふ♥
小林典雅 × 緒花
魅惑の典雅式もふもふワールド♥
萌え映画♥エッセイ
大木えりか × 山田睦月
コミック
麻生 海 最終回!
貫井ゆな
松本 花
林らいす
渡海奈穂 ×青山十三
後編 栗城 偲 ×みずかねりょう
BL小説大賞トップ賞受賞
瀬々らぎ凛 ×陵クミコ
秋の大増ページ特大号!!
☆豪華作家陣によるアンケート回答結果大発表
☆SS：鳥谷しず
☆テーマエッセイ：犬飼のの
☆おすすめ作品紹介
などなど、企画もりだくさん♥
年に一度の特集号！
今年のテーマは……
「もふもふ」
（カット：松本 花）
ちょっぴりオトナな電子書籍新レーベル Hakka+《ハッカプラス》
毎月第1金曜日、電子書店で配信中!!
「是-ZE-春、逢い見る」
志水《しみず》ゆき
「キスとスキのあいだ」
薄井《うすい》いろは
「アイドルくんは極道の若頭に溺愛されています」
色野《しきの》イト
「泉くんのサディスティックは終わっている」
藤峰《ふじみね》式《しき》
梅本ガチコ
えむえむお
奥田 枠
高野 弓
千野 ち
Dite
杜鳴ひなき
長与エリ子
夏目イサク
貫井ゆな
猫野まりこ
半割
ふさすぐり
ミキライカ
水谷 倖
よも灯

藤吾に布団へ引き戻された。

「大丈夫だ、お前みたいに本気で柚希さんの小説が現実になるって信じてる手合いはいない。柚希さんだって『未来がわかる』なんて宣伝文句つけてないからな。あれは登場人物の名前を貴方《あなた》と好きな人の名前にして執筆しますってだけのサービスだよ」

「でも、SNSには『あの小説を真似したのに上手くいかなかった』なんてクレームめいたコメントは一つもなかったぞ？」

「そりゃそうだ。失恋しました、なんてわざわざ吹聴《ふいちょう》して回りたい奴そういないだろ。結果として上手くいった人の反応が目立ちやすくなっただけだ」

すぐには事態を呑み込めず目を白黒させる光彦を、藤吾は笑いながら胸に抱き込んでくる。

「柚希さんの小説は、前向きな未来を想像して前に進むためのお守りに近いんだよ。じゃなかったらおみくじだ。おみくじだっていいことが書いてあったら手元に置いて、何度も読み返したくなるだろ？　柚希さんに執筆依頼をしてくる相手だって、その辺はちゃんと理解してる」

「そ、そうなのか、俺はてっきり……」

本物かと思った、と改めて言うのも気恥ずかしくて言葉を濁していると、藤吾にますます強く抱きしめられた。

「でも、お前が読んだあれはイタコ小説とは言えないかもな」

布団の中で藤吾が脚を絡めてきて、互いの体が密着する。全身から伝わる硬い肌の感触にドギマギして、なぜ、と問い返すことも忘れていたら、耳元で藤吾に囁かれた。

「お前が読んだ小説は、俺が監修してる」

「か……ん？　ど、どういうことだ？」

藤吾の胸に手をついて体を離そうとしたが、腰にがっちりと腕を回されて動けない。

「お前に告白した後、柚希さんから連絡が来たんだ。光彦からイタコ小説を書いてほしいって頼まれたって」

「お、俺の知らないところでそんなやりとりを？」

いつのまに、と呟いた直後、光彦の脳裏《のうり》に以前覚えた違和感が蘇《よみがえ》った。

（そういえば、柚希ちゃんの前でしか言ってないはずのセリフを、なぜか藤吾が知っていたことがあったな……？）

男同士では幸せになれないなんて、さすがに藤吾の前で口にするとは思えなかったのでおかしいとは思っていたのだ。

あのとき気づくべきだったか、と唇をわななかせていると、掠《かす》めるようなキスをされた。

「俺が光彦のどんなところに惹《ひ》かれたのか、鈍感なお前でもわかるように書いてもらおうと思って、柚希さんには昔の話とかかなり詳細に話して聞かせたぞ」

「そ、それで回想シーンがやたらとリアルだったのか……」

想像だけで書いたにしてはあまりにも事実に近く、それもあって光彦はあの小説を本物のイタコ小説と信じかけたのだ。

「だからあの小説は、半分俺のラブレターみたいなもんだ」

言われて素直に納得した。

作中の藤吾はいつもひたむきに光彦を見詰めて、欲しがってくれた。そして最後はこんなふうに、光彦を抱き寄せて幸せそうに笑うのだ。

小説の中の藤吾がどれほど熱烈に自分を求めてくれていたか思い出したら頬が熱くなってきた。目の前にいる藤吾も、あんなふうに自分を求めてくれているのだろうか。

「……本当に全部、お前の監修なのか？」

「そうだな。実際に光彦が結婚したらどう思うかとか、柚希さんからかなり詳細に取材されたし」

「じゃあ、あの濡れ場も……」

「濡れ場？」

藤吾の声がひっくり返る。初耳だと言わんばかりの顔で「なんだそれ」と問われて失言を悟《さと》った。どうやら藤吾は完成した原稿までは読んでいなかったらしい。

「おい光彦。あの小説濡れ場なんてあるのか？　俺とお前の？」

「ち、違う！　濡れ場というか、空白の一行だ！　こちらの想像力を試されただけで……」

「なんだそれ、ますます見たい」

それに、と囁いて、藤吾が光彦に顔を近づけてくる。

「空白の一行にお前がどんな想像を膨《ふく》らませたのかも知りたい」

楽しい悪戯でも思いついたときのように、藤吾がゆるりと目を細める。

このままでは頭に思い浮かべたことをひとつ残らず白状させられそうで、光彦はあらん限りの力で藤吾の腕から抜け出した。

すぐに藤吾が追いかけてきて、身をよじってそれを避ける。

ベッドを転げまわるうちに甘ったるい空気は霧散《むさん》して、童心《どうしん》に返った気分で藤吾の腕から逃げながらふと思った。そのうちまた柚希に小説を書いてもらおうと。

イタコ小説は未来を予言するものではなく、お守りか、せいぜいおみくじのようなものだと藤吾は言った。だったら今度は、光彦と藤吾が最後までお互いの手を離さず、仲睦《むつ》まじく過ごす物語を書いてほしいと頼んでみよう。

そんな小説を、いいことしか書かれていないおみくじのように大事にして、末永く藤吾と一緒に過ごしたい。

互いに髪が白くなるまで寄り添って過ごす未来を想像したら、もう下らない周りの目を気にする気にもなれず、光彦は自ら藤吾の胸に飛び込んだ。

恋文返信

koibumi henshin

ふりそで、ちょうちん、おたふく、せぎも。

メニューに羅列《られつ》された文字を辿《たど》って小首を傾《かし》げる。名前だけ眺めていても、それがどんな形でどんな味なのか想像するのが難しい。説明書きどころか写真すらないので、運ばれてくるまで何が出てくるのかわからない。

光彦《みつひこ》ならどうするだろう。そのわからなさを面白がって注文するだろうか。それとも未知のものには安易に手を伸ばさないか。考えながら視線を転じる。

やげん、せせり、ぼんじり。この辺りは耳馴染《みみなじ》みがある。視線を翻《ひるがえ》してもう一度メニューの先頭へ。もも、ねぎま、かわ。やはり定番を先にいくつか頼んでおくか。

居酒屋のカウンター席に腰かけてメニューに目を通していたら、誰かが慌ただしく隣の椅子を引いた。

「すまない、また遅れた」

メニューから目を上げれば、軽く息を乱した光彦の顔が目に飛び込んできた。光彦は腕時計を見下ろし「十分も……」と口惜《くちお》しそうに顔を歪《ゆが》めている。

くたびれたサラリーマンでごった返す大衆居酒屋に現れた光彦は、どう見ても周囲から浮いている。仕立てのいいスーツにきっちりとネクタイを締め、シルエットの美しいチェスターコートなど着ているのだから当然だ。

すまん、と繰り返す光彦に、藤吾《とうご》は笑って「気にすんな」と返した。

たかが十分の遅れなどどうということもない。本当に、腹の底からそう思う。大手企業に就職し、完璧を目指して仕事に奔走《ほんそう》するがゆえに多忙を極める光彦が、こうして自分のために時間を空けてくれるのだから嬉しいばかりだ。

「とりあえず何か頼むか。串焼きは時間かかるから先に頼んでおいた方がいいぞ」

隣の席に腰を下ろした光彦に、何がいい、とメニューを広げてみせる。

焼き鳥で有名な店だ。とりあえず焼き物のページを開く。この手の安価な居酒屋にあまり寄りつかない光彦は最初に何を頼むだろう。定番のねぎまか、あるいは部位すら定かでないちょうちんか。

真剣な面持《おもも》ちでメニューを覗き込んでいた光彦が、これ、と指さす。

「餅《もち》ベーコン串とラム串」

「餅とラム」

「初めて見た。食べてみたい」

「そうだな、俺も初めて見る」

焼き鳥の種類の多さに気を取られ、変わり種にまで目がいっていなかった。

しかしずらりと並んだ焼き鳥をすっ飛ばしていきなり餅とラムとは。光彦は毎度こちらの予想を軽やかに超えてくる。

藤吾は通りかかった店員を呼び止め、ウーロンハイを二つと、つまみを何品か注文した。光彦ご所望《しょもう》の餅ベーコンとラムの串も二本ずつ頼んでおく。

隣でコートを脱いだ光彦は、金曜の夜だというのにジャケットはもちろんワイシャツにも少しもよれたところがなかった。さすが仕立てのいいスーツは違う。ちょっといいレストランにでも連れて行ってやりたくなるような格好だ。

問題は、ざっくりしたセーターにワークパンツを穿《は》いた自分が店側のドレスコードに引っかからないかどうかだ。

おしぼりで手を拭《ぬぐ》っていた光彦が、藤吾の視線に気づいて「どうした」と声をかけてきた。

「いや。今度からもうちょっといい店に誘った方がいいかな、と思ってただけだ」

「いい店？　この店も悪くないだろ」

「悪かないが、光彦にはもう少し高級な店が似合いそうだ」

途中で店員がウーロンハイを持ってきた。片方のグラスを持って軽く掲《かか》げてみせると、つられたように光彦もグラスを持つ。軽く乾杯して酒に口をつけたが、光彦はグラスを手にしたまま考え込んでいる様子で動かない。

思案げな横顔を見守っていると、光彦がちらりとこちらを見た。

「高級な店より、気楽にお前が誘ってくれる店の方がいい」

「そうか？　でもたまにだったら……」

「たまにじゃなくて」

少し焦《じ》れたような口調になって、ぼそりと光彦はつけ加える。

「……たまに高い店に行くぐらいだったら、安い店に頻繁《ひんぱん》に誘ってくれた方が会える回数が増えていいだろう」

自分で言っておいて照れくさくなったのか、光彦はさっと目を逸《そ》らしてウーロンハイに口をつけた。目元が見る間に赤くなる。もちろん酒のせいではない。

ぐいぐいと酒を飲み始めた光彦に視線を注《そそ》ぎ、藤吾は無言で感動を噛みしめる。胸に迫《せま》るものがあった。光彦とのつき合いは長いが、こういう反応を見せてくれるようになったのはここ最近のことだ。

これまでも光彦は藤吾のことを大事だ、特別だと臆面《おくめん》もなく言い放ってきたが、それはあくまで親友としてのものだった。長年光彦に想いを寄せていた藤吾としては、嬉しい反面苦しくもある生殺しの状況がようやく解消されたのが一月《ひとつき》ほど前。光彦が、ようやく自身の恋心を自覚してくれたのだ。

今のセリフだって、少し前なら顔色も変えず言い放ち、親友だから当然だろうと胸まで反《そ》らしてみせただろうに、今は気恥ずかしそうに目を伏せている。こちらを意識してくれている証拠だ。

「……なんだ、その顔は」

横目でこちらを見た光彦の顔がますます赤くなる。それでようやく自分の顔が笑みで緩《ゆる》みきっていることを自覚した。掌《てのひら》で口元を覆《おお》ってみるが、こすっても揉《も》んでも口角《こうかく》を押し下げることは難しく、諦めて手を下ろした。

「ようやくお前がそういう目で俺を見てくれるようになったのが嬉しくてなぁ」

「そ……っ、そういう目ってなんだ？　別に不埒《ふらち》な目で見てたつもりはないぞ！」

何を取り違えたのか光彦が慌て始めたので、声を立てて笑ってやった。

十分の遅れがなんだ。ようやく恋心を自覚してくれた光彦に会えるなら、一時間ぐらい待ちぼうけを食らったってメニューを眺めてやり過ごせる。

自分も大概《たいがい》浮かれていることを自覚しつつ、店員が運んできた料理に箸《はし》を伸ばした。

串が来るのを待ちながら、よだれ鶏《どり》や砂肝《すなぎも》のポン酢和《あ》え、明太子ソースをかけた玉子焼きを口に運ぶ。焼き鳥メインの店だけあって鳥関連の料理が多い。だというのに頼んだ串はラムと餅の二種類だ。光彦のセンスが光るな、などと思いながら視線を横に滑《すべ》らせると、隣に座る光彦と目が合った。

先程からちらちらとこちらを見ていたらしい。サッと目を逸らされたが、しばらく見ているとまた窺うような視線が飛んでくる。待ち構えてその顔を覗き込むと、ぎょっとしたように身を引かれた。

「こ、今度はなんだ！」

「いや、お前がやけにこっち見てるから。どうかしたか？」

光彦は正面に顔を戻し、「別に、何も」と低い声で返す。

少しだけ硬い表情。先ほどのように、こちらを意識しているのとは違う雰囲気だ。光彦の目は料理の皿に向いているが、視線がうろうろと定まらない。何より箸を手に取る気配がないので、食事なんてそっちのけで何か考え込んでいるのは明白だ。

（……何かあったか）

それくらいは容易に察しがついたが、その先を予想するのが難しい。

何か起こったとき、光彦が何を考え、どう動くのかが未だに読めない。若干《じゃっかん》斜め方向に突っ走るきらいがあることはわかっているが、想像を超えるその角度に毎度翻弄《ほんろう》される。

「最近、仕事の方はどうだ。忙しいか？」

とりあえず、当たり障《さわ》りのないところから探りを入れてみた。ついでに軟骨《なんこつ》のから揚げが盛られた皿を光彦の前に差し出してみる。

「それなりにな」と言いながら、ようやく光彦も箸を取った。

「無理すんなよ」

「前ほどはしてない」

自嘲気味に呟いて光彦は軟骨を口に放り込む。以前の働きぶりが無茶苦茶だった自覚はあるようだ。

出会った頃から、光彦は家族のために完璧であろうといつも必死だった。小学校のときからずっとだ。社会人になってもそれは変わらず、自分を振り返ろうともしない家族のために身を粉《こ》にして働く姿は見ていて痛々しいくらいだった。

正しくあれ、完璧であれ、多数派の道を外れることなかれ、と自《みず》らを律する光彦に、同性である自分の手を取ってもらうことは難しかった。まず恋愛対象として見てもらえない。

紆余曲折《うよきょくせつ》の末に藤吾の手を取った光彦は、そこでようやく家族に振り返ってほしいという執着を捨てることにしたようだ。

休息をとることは怠惰《たいだ》だとばかりプライベートな時間まで仕事に費やしていたが、そういう無茶をやめ、代わりにこうして自分と過ごす時間を作ってくれる。

とはいえ、長く固執《こしつ》してきた考え方はそう簡単に変わらない。以前よりましになったもののワーカホリック気味なのは否《いな》めないし、家族のこともどれくらい吹っ切れているのかわからなかった。

(光彦の家族から下手に連絡なんて来ないといいけどな……)

普段は光彦を歯牙《しが》にもかけないくせに、あるいはだからこそ、都合のいいときだけ呼び出して面倒な用件を投げてきそうで心配だ。

光彦だって家族から呼び出されるようなことがあれば無下《むげ》に断るのは難しいだろう。ほんの数ヵ月前まで結婚相手さえ親の意向に沿って決めようとしていたくらいだ。それを当然のことと考え、疑ってすらいなかった。

だが、今度光彦が家族の言葉に流されそうになったら。そのときは全力で止めるつもりだ。理路整然と光彦の立ち位置を説明してもいいし、せっかく恋人同士になったのだから情に訴えてもいい。今度は泣き落としにかかってもいいかもしれない。

（……どうやって籠絡《ろうらく》してやろう）

黙々と軟骨を食べる横顔を眺めていたら光彦がふいにこちらを向いたので、頭に巡らせていた考えを引っ込めて目を細めた。

光彦は笑い返すでもなく藤吾を見詰める。真剣な表情で何を考えているのだろう。大人しく次の言葉を待っていると、口の中のものを飲み込んだ光彦に真顔で問われた。

「柚希《ゆずき》ちゃんのイタコ小説って、本物だと思うか？　本当に未来を暗示してるんだろうか」

前置きもなく飛び出した言葉に、すぐに返事ができなかった。

なぜここで急に光彦の従姉妹《いとこ》の名前が飛び出すのか。イタコ小説という単語を耳にしたのも久々だ。自分たちがつき合うきっかけを作ってくれたものではあるが、ここのところほとんど話題に出ていなかったというのに。

光彦の口から唐突にイタコ小説が出てきた理由はわからない。だが、それを問う前にまずは光彦の質問に答えることにした。

「どうだろうな。柚希さん本人もどういう結末になるかわからず書いてる節《ふし》はあるみたいだけど」

「ということは、本当に何か霊感めいたものが……？」

「いや、自動書記みたいになるのは柚希さんが憑依型《ひょういがた》の執筆をするからで、本当に未来が見えてるとかそういうわけじゃないと思うぞ？」

「……そうか」

「なんで急に？」

光彦はグラスに手を伸ばし、底に残っていた酒を一息で飲み干す。

「柚希ちゃんのＳＮＳを見に行ったら、イタコ小説の依頼が一時中止になってたんだ。噂が噂を呼んで、本業に手が回らなくなるくらい依頼が増えてるらしい。だからもしかしたら本当に、少しは未来を予知しているんだろうか、と思っただけだ。……同じの注文してくれ」

空《から》のグラスをテーブルに置いた光彦の目元は少し赤い。今度は本当に酔っているようだ。

酔って若干《じゃっかん》話題の切り出し方が唐突になっただけか。そう判断して、背後を通りかかった店員に新しいウーロンハイを二つ注文する。

「餅ベーコンとラム肉はまだ来ないのか？」

「言っただろ。焼き物は時間がかかるんだよ」

子供のように唇を尖らせる光彦を横目で見ながら、藤吾は柚希の書いてくれたイタコ小説を思い出す。

頭に浮かんだそれは光彦に見せた原稿とは違う、藤吾の監修が入る前の、純粋に柚希の手だけで織り出された物語だ。

なんの修正も加えられていない最初の原稿——柚希は初稿《しょこう》と読んでいたその内容は、光彦に見せたものとかなり違う。特にラストだ。

最初に柚希が書いた原稿は、どちらも自分が光彦の親友に収まる結末だった。しかもそんな内容でありながら、作中の自分はさほど悲嘆《ひたん》に暮れていない。

読み終えて、なるほどなぁ、と唸《うな》ったものだ。

七十代の光彦は最後まで藤吾への恋心を自覚しない。離婚後も親友として足しげく藤吾のもとに通うし、藤吾のアパートでなんの悔いも憂《うれ》いもない顔で茶など飲んでいるのだ。

自分はそれを、気ままな猫でも眺めるような顔で苦笑交じりに見ている。

最後までこいつは自分の恋心を自覚しないままだったが、本人はそれに後悔もないようだし、親友としてこうしてそばにいられたのだからいいか、と藤吾自身満足している。それどころか、お互い独り身のままで、最終的に光彦を看取《みと》るのは自分だろうという自負まで持っている。親友という立場でありながら、ある意味添い遂げているような内容なのだ。

四十代の話も似たり寄ったりだ。離婚間際で自棄《やけ》になっている光彦の愚痴《ぐち》を聞きながら、作中の自分は「たぶん自分たちはこんなことを、あと三十年でも四十年でもやっているんだろう」なんて笑っている。無理に光彦に恋心を自覚させようとはせず、だからと言って離れる気もなく、ゆるゆると囲い込もうとしているのが見て取れた。

いかにも現実の自分がやりそうなことだと思った。

実際、この恋心は墓まで持っていくつもりだった。口にしたところで、多数こそ正義と盲目的に支持する光彦がまともに取り合ってくれるわけもないと諦めていた。

もしも光彦があんなに唐突に、そして無防備に見合いの話など持ち出さなければ、こちらの胸の内をさらすことなどきっとなかった。不意打ちに焦《あせ》って、とにかく少し思い留まってほしい一心で恋心を打ち明けてしまった。あれは光彦とどうにかなりたいというより、光彦に自分の人生をもう少し丁寧に扱ってほしいという気持ちに突き動かされたが故《ゆえ》の行動だ。

うっかり告白めいたものをしてしまったものの、受け入れられるとは思っていなかった。同時に、どういう返事が返ってきたとしても自分は光彦のそばから離れられないだろうという確信もあった。光彦がそれを許してくれるなら、明確な答えなど一生もらえなくても十分だとすら思っていた。

あのとき、斜め方向に思考を走らせた光彦が柚希にイタコ小説を依頼しなければ、そして機転を利かせた柚希が自分に連絡をくれなければ、光彦はきっと一生自身の恋心に気づかず、自分たちの未来は初稿のラストを地でいっていたのかもしれないのだ。

イタコ小説の功績は大きい。そう考えると、柚希にはもう足を向けて寝られない。

(柚希さんの小説は霊感がどうのっていうより、人間観察のたまものだよな)

イタコ小説の初稿を読んだときは、自分の思考を読まれたようで人知れず息を呑んだものだ。

このセリフ、この行動、いかにも自分がやりそうだ。それを実行に移すに至る思考の流れも、読んでいて違和感がない。

柚希は周りの人間の行動や言葉をよく観察している。現実の人間をモデルにして書かれる小説は、かなり精度の高いシミュレーターのようにも思えた。

——柚希ちゃんのイタコ小説って、本物だと思うか？

光彦に問われたときは言下《げんか》に否定できたのに、ふと不安になった。今更ここから、初稿の流れをなぞるように自分と光彦が親友に戻る、などという展開にはならないだろうか。

まさか、と自《みずか》ら否定したところで店員が串焼きの載った皿を運んできた。

「あ、来たぞ藤吾！　うわ、本当に餅だ。とろけてる！」

はしゃいだ様子で餅ベーコンの串を取り上げた光彦を見て我に返る。

変わり種の串焼きなんてどんなものかと思ったが、ベーコンに包まれた餅は塩気が強くて美《う》味《ま》かった。

「これいいな。鏡餅《かがみもち》とかこうやって食べればいいのか」と光彦は声を弾《はず》ませる。

「今年も鏡餅買うのか？」

尋ねると「もちろんだ！」と胸を張って返された。

光彦は意外と律儀《りちぎ》に年中行事をこなすタイプだ。毎年スーパーで鏡餅をいくつも買ってきて、マンションの各部屋に置いて年末を過ごしている。

年明けに顔を合わせるときは、毎年光彦から「醤油《しょうゆ》をつけて食うのに飽きた」などと言って余った餅を押しつけられる。藤吾にとっては鏡開きの後、光彦に餅を渡されるところまでが年中行事だ。

「ラム肉は嚙み応《ごた》えがあるな！」

「ああ。それにこれ、まぶしてあるスパイスが美味いな。なんだろう」

「美味いが……なあ藤吾、なんで焼き鳥屋なのに焼き鳥頼んでないんだ？」

「お前が頼まなかったからだよ」

「俺のせいか⁉」

半分冗談で言ったのに、光彦が憤然《ふんぜん》と言い返してくるので肩を揺らして笑ってしまう。下らないやり取りをしているうちに、胸を掠《かす》めた微《かす》かな不安は換気扇《かんきせん》に吸い込まれていく煙のように消えていた。

「あれ、今日はもう帰るのか？」

店を出て駅に向かう途中、ここからなら自分のアパートの方が近いからと光彦を自宅に誘ったら歯切れ悪く断られてしまった。金曜の夜だ。食事の後はどちらかの部屋に向かうものだと勝手に思っていた。

光彦は寒風に首を竦《すく》め、「明日、ちょっと予定が入っててな」と溜息交じりに返す。

「じゃあ日曜は？」

「……日曜も用事があって」

やむにやまれぬ事情なのか、光彦はもう一度大きな溜息をつく。ひどく残念そうな顔だ。

断られてしまったものの、そこまでがっかりしてもらえると嬉しくなる。少しばかり浮かれ、光彦の肩に腕を回して引き寄せた。

「お前……っ、外だぞ！」

「どうせ周りは酔っ払いばっかりだ。誰も気にしねぇよ」

焦る光彦を笑い飛ばす。駅までの道には居酒屋が軒《のき》を連ねていて、周りは千鳥足の酔客《すいきゃく》ばかりだ。肩を組んで歩くサラリーマンなんて珍しくもない。

光彦も周囲を見回し、少しためらうような仕草を見せてから、そろりと藤吾の肩に頭を寄せてきた。

意外な反応に足を止めてしまいそうになった。いつも周囲の視線をひどく気にして、居酒屋に入るときでさえネクタイの結び目を整えてからでないと店の扉を開けられない光彦が、外でこんなふうに身を寄せてくるなんて。

変わった、と嚙みしめるように思う。うっかり腕にも力がこもり、ますます強く光彦を抱き寄せた。

「明日の用ってそんなに大事なもんなのか？　すっぽかして泊まってけよ」

声に笑いを含ませ、なるべく冗談に聞こえるように口にしたつもりだったが、いくばくかの本音が滲《にじ》んでしまったのは致し方がない。

耳に息でもかかったのか、光彦が勢いよく耳元を押さえた。こちらを見る顔は真っ赤で、押せばどうにかなりそうな気配に理性がぐらつく。

光彦は耳と一緒に自身の髪を握りしめ、迷うように視線を揺らしている。しかし最後は何か思い切るように、大きく首を横に振った。

「……っ、いや、駄目だ。帰る！」

自らに言い聞かせるような声である。

藤吾はちらりと前方に目を向ける。居酒屋の並ぶ道の先、駅の明かりはもう見えている。ここで光彦に意見を翻してもらえなければ、互いに違う電車に乗って解散だ。

もう少しそばにいたい。光彦だって少なからずそう感じているはずだと思うのは、たぶん自惚《うぬぼ》れではないだろう。帰ると言ったその口が、名残惜《なごりお》しそうに引き結ばれている。

押すまでもなく、つつけばすぐにも崩れてしまいそうだ。もう一言「帰るな」とねだれば自宅までついてきてくれるかもしれない。

だが、光彦に明日なんらかの予定があるのも本当なのだろう。どんな内容かは知らないが、一度はこちらの誘いを断ったのだ。予定自体を白紙に戻すことはできないと見た。

無理をしたツケを払わされるのは光彦だ。駅までの距離ももういくらもない。藤吾は小さく

息を吐くと、光彦の肩に回していた腕をほどいた。

「わかった。じゃあしょうがないな」

諦めて少し距離を取る。落胆を隠し、また次の機会に、と続けようとしたら、目を丸くしてこちらを見上げる光彦と視線が合った。

食い下がられたら困るだろうと大人しく身を引いたのに、光彦は肩透かしでも食らったような顔だ。よほどしつこく粘《ねば》られるとでも思っていたらしい。

気を遣ったつもりが露骨《ろこつ》にがっかりした顔をされてしまい、どうすりゃよかったんだよ、と内心苦笑した。

「ほら光彦、足元ふらついてるぞ。電車乗る前に水でも買ってくか？」

「……結構だ！」

大股で歩き出した光彦の後を追いかける。改札を抜ければもうホームは別々だ。

「それじゃあ、気をつけて帰れよ」

改札を潜《くぐ》ったところで立ち止まって声をかけると、人込みの中で一度だけ光彦がこちらを振り返った。まるで後ろ髪を引かれるような顔だ。思わず光彦の方に足を踏み出しかけたが、雑踏の中で光彦が声を張り上げる方が早い。

「またな！」

叫んだことで諦めがついたのか、光彦はすっきりした顔で笑って手を振った。

コートの裾《すそ》を翻し、もう振り返りもせずホームに向かう光彦に遅ればせながら手を振り返す。

（……もう少し強引に引き止めればよかったかな）

光彦に負担をかけたくなかったのであっさり引き下がったが、本当は帰したくなかった。顔に出さなかっただけで自分の方がずっと落胆している。こうして未だに改札前から動き出せないのがいい証拠だ。

光彦だって引き止めてほしそうな顔をしていたのに。

「これが最善だろ」

強がりだと自覚しつつも呟いて、藤吾はぼんやりと駅の天井に視線を漂わせた。

小学校から高校まではずっと光彦と同じ学校で、毎日のように顔を合わせていた。

だから別々の大学に進学すると決まったときは、さすがに少し不安を覚えた。幼馴染とはいえ顔を合わせる機会が減れば、光彦とも疎遠《そえん》になってしまうかもしれない。

案《あん》の定《じょう》、大学生になると光彦からの連絡は激減したが、こちらからマメに連絡を送ることでつかず離れぬ距離を保ち、社会人になってもたまに飲みに行くくらいの縁はつないでいられた。

週に一度は他愛《たわい》もないメッセージを送って、二ヵ月以上間が開かない程度には飲みに誘った。

毎日顔を合わせていた中高生の頃と比べれば格段に会う頻度《ひんど》は減っていたが、光彦と連絡を取りあえているだけで満足だった。そもそも友人同士のつながりなど、恋人や家族の間にがっちりと結ばれた太い縁に比べたら蜘蛛《くも》の糸ほど細い。切れないだけで万々歳《ばんばんざい》だ。

(……なんて殊勝《しゅしょう》なことを、ほんの一月前まではわりと本気で考えてたんだよな)

水曜の夜、風呂から上がった藤吾は濡れた髪をタオルでわしわしと拭《ふ》きながらベッドに腰かける。シーツの上に放り出していた携帯電話を横目で見て、少しばかり逡巡《しゅんじゅん》してからそれを手に取った。

人の欲には天井もなければ底もない。

光彦と焼き鳥屋で飲んでからまだ一週間も経《た》っていないのに、もう次の約束を取りつけようとそわそわしている。つき合う前は月に一度会えるか会えないかという状況が当たり前だったというのに、こらえ性がなくなったものだと我ながら呆れた。

しかし今や自分たちは恋人同士だ。会いたいときは会いたいと素直に伝えることに不都合はない。頭からタオルをかぶったまま光彦にメッセージを送った。ストレートに『週末また飲みに行かないか』と誘ってみる。

返事を待つ間にドライヤーで濡れた髪を乾かし、部屋に戻ってみると携帯電話に光彦からの返信が来ていた。

『すまん。今週は会えない』

すっぱりと断られて軽く眉を上げた。

ベッドに腰かけ、『土日も無理か?』と送ると、すぐに『用がある』と返ってきた。

二週連続か、と肩を落としたが、珍しいことでもない。光彦は仕事で多忙だし、上司の覚えもめでたいので休日に飲みに誘われることが多いのも知っている。

しばらく携帯電話の画面を見詰めてから、『今ちょっと電話していいか?』とメッセージを送った。恋人である自分を最優先にしてほしいなんて駄々をこねるつもりはないが、光彦のメッセージが短すぎて、どんな心境でこの文面を送ってきたのかよくわからない。

『せめて声だけでも聞かせてくれ』とねだると、即座に光彦から電話がかかってきた。

『──すまない!』

電話に出るなり開口一番謝られた。

その声には、短い文章からは伝わらなかった申し訳なさや口惜しさ、もどかしさなどがたっぷりと滲んでいて、その率直さに思わず笑ってしまった。

「いや、こっちこそ急に誘って悪かった」

『謝らないでくれ。誘ってくれて嬉しい。本当なら俺だってお前と飲みたいんだ。残念だし心苦しい。でも今回ばかりはどうしてもしないといけないことがあって……』

駆け込むような口調で言い募《つの》られ、落ち着け、と苦笑する。

「これまではこんなに短いスパンで飲みに誘うこともなかったからな。都合が合わないこともあるだろ。年末で忙しい時期だしな」

壁にかかったカレンダーは残すところあと一枚で、近所の商店街ではすでに来年のカレンダーを配っている。「仕事でも詰まってるのか？」と尋ねると、「まあ、うん」という煮えきらない返事があった。仕事関連の用事ではないのかもしれない。

「くれぐれも無理するなよ。酒はまた誘うから」

とりあえず、光彦がこちらの誘いを嫌がっているわけではないらしいとわかっただけで十分だ。もう少し声を聞いたら大人しく引き下がる気でいたのだが、唐突に光彦の声が途切れた。

携帯電話を耳に当て直し、「光彦？」と名前を呼ぶ。光彦の背景の音は電話越しに届かず、黙り込まれてしまうと本当に電話がつながっているのかどうかわからない。

ややあってから、ようやく光彦の声が耳に届いた。

『……俺と会えなくて、寂しいか？』

窺うような小さな声。どことなく不安な響きの交じったそれを聞いて、藤吾は口元を緩めた。

「寂しいよ」

『本当かぁ？　声が笑ってるぞ！』

「お前の方が寂しそうな声出すからだろ」

声だけで光彦がどんな表情を浮かべているのか伝わってくるようだ。あまりにも明け透《す》けで、とんでもなく愛《いと》しい。

藤吾だって光彦に会えないのは寂しいが、こんなにまっすぐな感情をぶつけられると嬉しくなって、どうしても声に笑いが滲んでしまう。

『本当に寂しいのか？　聞き分けがよすぎないか……？』

「ん？　他の用なんてぶん投げて俺と会ってくれって本音をぶつけた方がよかったか？」

『……それ、本音か？　本当にそう思ってるのか？』

「思ってる。いつだって俺を最優先にしてほしい」

　こんなことを言われたら困るのは多忙な光彦の方だろうにと苦笑していた藤吾だが、その口元からゆっくりと笑みが引いた。光彦の声から、拗《す》ねているというよりもう少し切迫した響きを感じ取ったからだ。

（なんだ？　今度はなんの心配してんだ？）

　光彦の思考回路は突飛《とっぴ》で複雑だ。次の動きを読むのは困難を極める。

　加えて思い込みが激しい上に、こうと決めたら倒れるまで突っ走る。家族が自分に完璧を求めていると思い込んだら最後、長《ちょう》じるまで完璧であろうと猛進《もうしん》し続けたくらいだ。

　また何か一人で思い詰め、妙な結論を出そうとしているのではないか。

（少し、探りを入れてみるか……？）

　何か最近変わったことはないか。真正面からそう尋ねても答えを引き出すのは難しそうだ。

　適当に当たりをつけて会話を振る。

「そういえば、その後実家の方はどうだ。何か連絡あったか？」

『……いや、特には。なんだ、急に？』

「上司から見合い話を勧められたとき、家族も乗り気だなんて話をしてただろ？　どうなったかと思って」

『見合いに関してはとっくに流れた。上司からはあれから特に音沙汰《おとさた》もないしな。社交辞令みたいなものだったんだろう』

そうか、と声だけは穏やかに相槌《あいづち》を打ちつつ、藤吾は注意深く光彦の声に耳を傾ける。

（今、ちょっと変な間があったな）

家族の話に触れたときだ。警戒するように声も低くなった。

家族から何か連絡が来ているのではないか。直観的にそう思ったが、光彦はきっぱりとそれを否定した。

自分の勘違いか。それとも光彦が何か隠しているのか。

当たり障りのない会話を重ねながら光彦の反応を窺う。

家族の話から離れた途端、わかりやすく声の調子が軽くなったところを見ると、やはり家族から何かしら接触があったと考えるのが自然だ。しかし一度は否定された話を蒸し返すのも難しい。

それに光彦は頑《かたく》なところがある。一度自分が口にしたことをそう簡単には翻さないだろう。下手につつくとますます意固地になって、貝のように口をつぐんでしまいかねない。

（とりあえず、様子を見るか……）

今のところ、光彦はこちらから連絡をすればすぐさま返事をしてくれる。週末に会えないことも本気で寂しがってくれているようだ。

光彦の心が自分から離れているわけではない。恋人同士とはいえ、言いたくないことの一つや二つあって当然だ。

ただ、光彦の声を曇《くも》らせるような不安だけは少しでも払拭《ふっしょく》しておきたかった。

とりとめのない会話が終わりに近づいてきたのを感じ取り、藤吾は少し声の調子を改めた。

「光彦、また飲みに誘っていいか？」

『当たり前だ！　また誘ってくれ。今回は立て続けに断ってしまって申し訳ない……』

「気にすんな。こっちこそ最近頻繁に誘いすぎてたからな。嫌がられてるわけじゃないならいい」

『嫌がるわけないだろう！』

必死に言い募る光彦に、藤吾はことさら穏やかな声で言った。

「光彦。俺はお前がどんな選択をしたって、ずっとお前が好きだからな？」

光彦は何か隠し事をしている。もしかするとそれは家族に関わることかもしれない。

時間を置けば、光彦は藤吾に隠し事をしたことを悔やむかもしれないし、自分のその選択が正しかったのか悩むかもしれない。

立ち止まってぐるぐると考え込みそうになったそのとき、この言葉が少しでも光彦の背中を押してくれればいい。忘れられてしまったとしても、何度でも同じことを言おう。

そんな気持ちで口にしたのだが、なぜか電話の向こうの音がふつりと途切れた。

「……光彦？」

呼びかけてみたが返事がない。息遣いすら聞こえない。今度の沈黙は長く、思わず携帯電話の画面を確認してしまった。だが、まだ通話は続いている。切れていない。

電話を耳に当て直し、もう一度名前を呼ぼうとした、そのときだった。

そうだな、と、ノイズ交じりの声がした。

一瞬の後、ノイズではなく光彦の声が低くしゃがれていることに気づく。

『その通りだ。お前はずっとそうなんだろう』

しゃがれた声から一転、斬りつけるような鋭さで光彦は言う。

冷えきったその声に驚いた。何か怒らせるようなことでも言ったか。ずっとお前が好きだ、という言葉のどこに相手の神経を逆なでする要素があったのかわからない。

電話の向こうから、深く息を吐く音がした。溜息ではなく深呼吸をしたようだ。

『すまん、この後も用がある。切るぞ』

深く息を吐いたことで気持ちを入れ替えたのか、光彦の声から冷淡さが消えた。同時に他のどんな感情も消え、ひどく無機質な声で『またな』と告げられ電話が切れる。

藤吾は通話の切れた電話を見下ろし、目を瞬《しばたた》かせた。急に光彦の態度が変わったのは明らかだが、その理由が判然としない。

もう一度電話をかけて問いただしてみようか。

(いや……やめた方がいいな)

すぐに思い直して携帯電話を下ろした。少なくとも今ではない方がいい。電話越しの光彦の声からは、はっきりとした拒絶を感じた。珍しいことだ。深追いしない方がいい。

何よりも、藤吾自身が動揺している。

(少し時間を置いて、週末にでももう一度連絡してみよう)

まだ忙しいか？　なんてなんでもないメッセージを送ってみればいい。ここで追い詰めてもろくなことにならない予感がした。

ベッドに携帯電話を放り投げ、そのまま後ろに倒れ込む。

喧嘩、とは違う。光彦が機嫌を損《そこ》ねたのかどうかも定かではない。言葉で何か伝えられたわけではなく、こちらが光彦の声音から勝手に感情の変化を感じ取ったに過ぎない。すべて勘違いという可能性もある。

天井を見上げてどうにか自分を宥《なだ》めてみるも、胸のざわつきは一向に収まりそうになかった。

電話口での光彦《みつひこ》との会話が気になって、週後半は終始気もそぞろだった。その後、光彦からの連絡もない。

土日のどちらかには光彦に連絡を、などと考えていたら、金曜の夜になってメッセージが届いた。光彦からかと一瞬期待したが、メッセージの送り主は光彦の従姉妹《いとこ》の柚希《ゆずき》だった。

『締め切り明けたから飲みにつき合ってよ』というお誘いだ。続けて『光彦も誘ったけど断られたからサシ飲みだけど』と送られてくる。

柚希からの誘いも断っているということは、光彦は本当にこの週末に何かしら用事があるのだ。疑っていたわけではないのだが、何か隠し事をされているような感触があっただけにホッとした。特に用事もないので了承のメッセージを送り、土曜は柚希と二人で飲みに行くことになった。光彦に連絡をするのは、柚希からそれとなく光彦の近況を聞き出してからにしようと頭の中で計画を立てる。

場所はどこでもよかったので柚希に任せると、柚希の自宅近くの中華料理店を指定された。光彦も交えて何度か三人で行ったことのある店だ。庶民向けの中華屋らしい騒がしさと気楽さを兼ね備えた店で藤吾も気に入っている。

待ち合わせの十八時に入店すると、奥のソファー席にすでに柚希が座っていた。

メニューを広げていた柚希が顔を上げる。眼鏡をかけた顔にほとんど化粧は施《ほどこ》されておらず、デニムにトレーナーを着た格好はちょっと近所をうろつくくらいの飾らなさだ。上着を脱いだ藤吾もワークパンツにトレーナーという似たような格好で、傍目《はため》には同棲中のカップルが外で食事をしているように見えたかもしれない。

「ごめんね、急に呼び出して。今回は職場の繁忙期《はんぼうき》と締め切りが重なってかなりきつかったから、無性に誰かと祝杯《しゅくはい》上げたくなってさ」

「そんなめでたい席に呼んでもらえたなんて光栄です」

藤吾《とうご》は笑いながら柚希の向かいの席に腰を下ろした。

柚希は会社員と小説家の二足のわらじを履《は》いている。副業で小説を書いていることは光彦と藤吾ぐらいしか知らないらしく、今日のように打ち上げと称して呼び出されることも少なくなかった。たまに次作のネタになりそうな話題を要求されるときもある。

友人の従姉妹なんて本来なら接点の持ちようがない相手だが、藤吾は柚希との縁を切らぬよう密《ひそ》かに心を砕いていた。

柚希は光彦の親族だけあって、その背景もよく理解している。おかげで光彦の行動が読めなくなったとき、柚希にその理由を問うとかなりの確率で納得のいく回答が返ってくるのだ。

さらに柚希は、持ち前の観察眼で藤吾が光彦に恋心を抱いていると察し、その後は何かと藤吾の相談にも乗ってくれた。柚希がいなければこうして光彦とつき合えていたかわからず、仕事終わりの打ち上げにはせ参じるくらいは当然のことだった。

そうした事情を抜きにしても、ぐいぐいと酒を飲み、気持ちよく料理を平らげる柚希と飲み食いするのは楽しかった。高校時代から数えてもう十年以上のつき合いなので、今更気を張ることもない。

「小説の仕事、順調なんですね」

「ようやく仕事が増えてきてすごくありがたいけど、さすがに兼業《けんぎょう》作家の限界を感じる」

藤吾にメニューを手渡し、柚希はソファーに凭《もた》れて顎《あご》を反《そ》らした。

「そろそろ専業作家になったらどうです？」

「いやぁ……安定した収入は手放したくないな。作家なんて来年の年収もわかんないのに」

「でももう何年もコンスタントに本が出てるじゃないですか。イタコ小説も好評だって聞いてますよ。そっちの収入もあればいけるのでは？」

ソファーの背もたれに頭を押しつけていた柚希が、「リアル夢小説の話？」と顔を上げる。

「あれは小説の仕事が少なかった頃、ちょっとでも話題になればと思って始めたやつだから稼《かせ》ぎはお小遣い程度だよ。実のところ割に合わない。リテイクなしって言ってんのにリテイク要求してくる人なんかもいて、そのやりとりに時間を割《さ》かれがちだから今はリクエスト受けつけてない。……飲み物決まった？」

柚希の目はどろりと濁《にご》っている。声にも張りがない。締め切り明けでだいぶ疲れているようだし、せめてもの労《ねぎら》いに酒は柚希の好みに合わせることにした。

「紹興酒《しょうこうしゅ》にしましょうか。甕出《かめだ》しの」

「えっ！　つき合ってくれんの？　デキャンタで頼んでいい？」

たちまち柚希の声が跳ね上がった。表情もいっぺんに明るくなる。

柚希はいそいそと店員を呼び、紹興酒と空心菜《くうしんさい》の炒め物を注文した。藤吾も餃子《ギョウザ》と黒酢《くろず》の酢豚を頼む。

「光彦は一緒に中華食べに行っても絶対紹興酒は飲んでくれないんだよね。臭いからとか言って。この独特の匂いがいいのにねぇ？　それじゃ、今週もお疲れ！」

ロックグラスに琥珀色《こはくいろ》の酒を注《つ》ぎ入れ、軽く掲《かか》げて乾杯する。

柚希は実に美味《うま》そうに酒を飲み、はー、と深い息を吐いた。

「光彦っていえば、最近どう？　変わりない？」

少々アルコール度数の高い酒がゆっくりと腹の底に落ちていく感覚を追いかけていた藤吾は、一拍置いてから柚希に目を向ける。ちょうどこちらも、同じようなことを柚希に尋ねる気でいたところだ。

「先月の終わりくらいから忙しそうにしてますね。先週の金曜に飲みに行ったときも、土日は予定があるって言われました。今日も誘ってたんですけど用があるみたいで」

「そっか。ちゃんと会ってはいるんだね」

藤吾は軽く眉を上げる。ちゃんと、という言い方が引っかかった。

料理が運ばれてきたので空心菜の皿を柚希の前に差し出す。柚希は遠慮もせず「ありがと」

と言って、大きな一口で炒め物を頬張《ほおば》った。

「柚希さんは、光彦と最近会ったりしてるんですか？」

「直接は会ってない。でも電話で話はしたよ。一ヵ月くらい前だったかな、光彦からまたイタコ小説を書いてほしいって頼まれたからメールで送った。藤吾君も読んだ？」

初耳だ。無言で目を見開けば、それだけで返答は事足りる。柚希は察したように肩をすくめ、二口目の空心菜を口に放り込んだ。

「光彦にイタコ小説を渡したんですか？　一ヵ月前に？」

「いや、依頼を受けたのが一ヵ月前で、原稿渡したのは二週間ぐらい経《た》ってから。だから、先月の半《なか》ばはもうとっくに過ぎてたな」

ということは、先週の金曜の時点で光彦が原稿に目を通していたのは間違いない。けれど光彦はそんなことを一言も藤吾に言わなかった。

「……それ、どういう内容だったんですか？」

料理に箸《はし》を伸ばすのも忘れて柚希に詰め寄る。

柚希は紹興酒に口をつけ、小説の内容を思い出すように視線を斜め上に向けた。

「私は好きな内容だけど、人によっては地雷。藤吾君は怒るかもしれない」

怒るような内容なのか。すでに嫌な予感しかしない。

藤吾は一つ深呼吸をすると、努《つと》めて落ち着いた声で言った。

「怒りませんから、内容を教えてください。できれば詳しく」

「そう？　じゃあ原稿のデータ送ってあげる」

「見せてくれるんですか？」

携帯電話を取り出した柚希が、今更それを気にするのかと言いたげに眉を上げる。

「他の依頼者からの原稿だったら見せられないけどね。本人たちの本名がガッツリ書いてあるから。でもこれは光彦と藤吾君しか出てないし、光彦から依頼された原稿はこれまで何度も藤吾君に見せてるじゃん。光彦も気にしないんじゃないかな」

喋《しゃべ》りながらもすいすいと指先を動かし、柚希は少し声を低くした。

「それに、これは藤吾君も読んでおいた方がいいかも。気分悪くなるかもしれないけど」

すぐに柚希からメールが届いた。添付されたデータをじっと見詰める。

これまでも、独居老人として余生《よせい》を送る展開や、結婚した光彦から愚痴《ぐち》を聞かされる展開、修正を加えた原稿では自分が不倫をする展開もあったが、あのときでさえ柚希はそれを読んだ藤吾がどんな反応をするか気にする様子はなかった。

一体どんな内容だ、と身構え、もう一度深呼吸をしてから藤吾は最初の一行に目を通した。

＊＊＊

淡いバラ色のシャンパンがグラスに注がれる。美しい、今日の門出《かどで》を祝う酒。

会場には華やかな笑い声と祝福の言葉が満ち満ちている。整然と並ぶ丸テーブルの中央で咲き乱れる花々、天井から降り注ぐシャンデリアの光。これまでも結婚式には何度か呼ばれてきたが、この披露宴《ひろうえん》会場はひと際大きい。

高砂《たかさご》には、白いタキシードを着た光彦の姿もある。

その隣に座るのは、飛び切り笑顔が美しい純白の花嫁だ。

もう何杯目になるかわからないシャンパンを飲みながら、俺は真ん中より少し後ろに配置されたテーブルに座って光彦を見ている。同じテーブルについているのは光彦の会社の同僚だ。

シャンパンを飲みながら手元の席次表を眺める。自分の名前の上に記《しる》された『新郎友人』という文字を指先で辿《たど》り、正しいが正しくない、と酔った頭で思った。

正しくないが仕方ない。馬鹿正直に『元恋人』などと書けるわけもないのだから。

グラスの底からシャンパンの泡が上がってくる。飲みすぎて、足元から細かな泡がすり抜けていくような錯覚《さっかく》に襲われた。

光彦と恋人同士になったのは一年半前。

丸一年間つき合って、冬の初めに別れた。

十一月で、まだ真冬のコートを出すには早い頃で、でもなんとなく予感があって気の早いダウンコートを着て光彦に会いにいった。別れ話はこじれることなく三十分程度できりがついて、まだ完全に日も暮れきらぬうちに光彦と別れた。

一人の帰り道、ダウンコートを着てきてよかったと心の底から思った。心臓がちゃんと脈を打っているのか疑うくらいに手足は冷たく、気を抜くと道端でしゃがみ込んでしまいそうだ。雪も降っていないのに震えながら帰路《きろ》を歩いた。涙腺《るいせん》は凍りついて涙も出なかった。

あれから半年経った今日、光彦はめでたく結婚式を挙げた。

隣に座る花嫁は、光彦より三つ年下だという。柔らかな笑みを浮かべ、ときどき隣にいる光彦に何か囁きかけている。そのたび光彦も身を乗り出し、微《かす》かに笑って相槌《あいづち》を打つ。実に仲睦《むつ》まじい姿だ。

二人から目を逸《そ》らすように天井を見上げて酒を呷《あお》った。味はしない。舌先をバチバチと炭酸で刺激される痛みがあるだけだ。シャンパンを注がれたグラスはあっという間に空《から》になる。

今日という幸福な日を象徴するバラ色の液体。それを腹の底に流し込み続けていれば、いずれ自分の思考もバラ色に染まるのではないか。期待も空《むな》しく、一向《いっこう》にその兆《きざ》しはない。

給仕にもう一杯頼もうと体を捻《ひね》ったところで会場の明かりが落ちた。高砂にだけスポットライトが当たる。司会者に呼ばれ、新婦の母親が高砂にやって来た。お色直しの時間らしい。

万雷《ばんらい》の拍手の中、新婦は母親に手を引かれ、笑顔で会場を後にした。

花嫁がいなくなると、高砂に残された光彦のもとに、待ってましたとばかり会社の上司や同僚たちが酌《しゃく》をしに押しかける。

光彦は誰か来るたびにグラスを空にして酌を受ける。足元にバケツの一つも用意してあるだろうに、律儀に酒を干しているのでそのうち倒れやしないかと心配になった。

直後、そんなことを考えている自分を鼻で笑い飛ばした。もう光彦を心配してやれる権利など俺にはないというのに。

光彦を眺めながらグラスに口をつけ、中身がすでに空になっていることを思い出した。苦々《にがにが》しい気分で、周囲に視線を向けるまでもなく給仕がやってきて「お飲み物は」と尋ねられた。

バラ色のシャンパンをもう一杯頼む。

花嫁が席を立って少しすると、再び場内が暗くなった。遅れて光彦もお色直しに向かうらしい。この短時間で光彦はかなりの量の酒を干したらしく、少しだけ上体が揺れている。

エスコートは家族だろうか。それとも上司か。どちらにしろ、光彦が転んだりしないようしっかり会場の外まで支えてやってくれ。俺にはもうできないことだ、と胸の中で吐き捨てたところで、自分たちの座るテーブルに突然スポットライトが当てられた。

まばゆさで目の奥が鋭く痛む。思わず目元を手で覆《おお》ったら、司会者のとんでもない言葉が耳に飛び込んできた。

『新郎のエスコートは、新郎ご友人の相良《さがら》藤吾さんにお願いしたいと思います！』

掌《てのひら》の下で目を見開いて慌てて辺りを見回せば、同じテーブルの招待客たちが「サプライズだ」「頑張って！」などと拍手とエールを送ってきた。

突然の指名にうろたえるが、会場の拍手はやまず、視線は自分に集中して、ぼんやり座っているわけにもいかない。とにもかくにも席を立ち、拍手に背を押されるように高砂へ向かった。高砂では光彦が自分を待っている。近づいてくる俺を見て泣き笑いのような顔をする光彦をまともに見返せない。

俺の到着を待たずに高砂から下りてきた光彦が、少しだけ足をふらつかせたのでとっさに腕を伸ばしてその体を支えてやった。ごく自然な仕草で光彦がこちらの肩に腕を回してきたので、俺も腰に回していた手を慌てて光彦の肩に置いた。互いに肩を組む格好が親しげに見えたのか周囲から拍手が起こる。式場のカメラマンも駆け寄ってきてレンズなど向けてくるものだから、無理やりにでも笑うしかなかった。

千鳥足《ちどりあし》の光彦を、周囲にそれと悟《さと》られぬよう自分に寄りかからせて披露宴会場の出口を目指す。出入り口に近い席には新郎新婦の親族席があって、暗がりの中に光彦の家族の姿も見えた。スーツ姿の父親と長男、江戸褄《えどづま》を着た母親が、笑顔で光彦に拍手を送る。

式の間も、光彦の家族はずっと満面の笑みを浮かべて高砂を見ていた。次男坊の良縁《りょうえん》を喜んでいる、と言えば聞こえはいいが、実態は光彦の父親の政治基盤を盤石《ばんじゃく》にするための政略結婚だ。いずれ票田《ひょうでん》を受け継ぐ光彦の兄も満足そうに弟の結婚式を見ていた。

笑みを浮かべた家族の視線をその一身に受ける。光彦が子供の頃から渇望《かつぼう》していた状況だ。それを実現できただけでも別れたかいがあった。あったはずだ。

それなのに、俺に寄りかかってどうにかこうにか親族席の前を通り過ぎた光彦は深く俯《うつむ》いて家族の方を見もしない。

拍手に送られ披露宴会場を出る。背後で扉が閉まった瞬間、がくんと光彦の膝が折れた。

慌ててその腰に腕を回して抱きとめる。新郎をアテンドする係員も駆け寄ってきた。

「大丈夫ですか？　着替える前に少しご休憩されますか？」

俯いたまま光彦が小さく頷く。衣装室は二階にあるらしいが、とても階段を上れる状況ではないので一階の控室に通された。

大きな鏡の前に椅子が一つ置かれているだけの、四畳半《よじょうはん》の狭い部屋だ。披露宴会場に入る直前に花嫁のベールが外れただとか、そういう不測の事態に備えて用意されているのかもしれない。ごく簡易的な部屋だった。

光彦を抱えるようにして控室に入り、一つしかない椅子に座らせる。係員もペットボトルに入った水を持ってきた。

係員が光彦に水を手渡すのを見て、後は会場の人間に任せて部屋を出ようとした。

そうできなかったのは、係員から見えない位置で、光彦が俺のスーツの裾《すそ》をぐっと引っ張ってきたからだ。

硬直する俺を尻目《しりめ》に、光彦は係員を見上げてぽつりと言う。

「十分だけ、ここで休憩させてもらっていいですか？　友人と、最後に話がしたいので」

係員は俺が顔を強張《こわば》らせたことに気づかず、微笑《ほほえ》ましいものでも見るような顔で「十分後にお迎えに上がります」と言って部屋を出て行ってしまった。

ドアが閉まると、小さな控室は直前までいた披露宴会場のざわめきから完全に切り離される。恐ろしく静かな室内でドアを凝視《ぎょうし》したまま動けずにいると、スーツの裾を摑んでいた光彦の手がゆっくりと離れた。

「……少しだけ、話をしないか」

応じるべきではない。何も言わずに部屋を出るべきだと思ったが、くぐもった光彦の声に足を縫《ぬ》い留められた。

「これで最後だから」

そうだろうな、と胸の中で答えてしまった。

わかっていた。俺だってそのつもりで光彦の結婚式に出席したのだ。

別れてからこの半年、光彦とは一切連絡を取っていなかった。このまま一生連絡はないと思っていたのに、前触れもなく自宅ポストに結婚式の招待状が投げ込まれた。

業者に大量発注したのだろう味気ない往復ハガキには手書きのメッセージ一つ添えられておらず、本気でその場に頽《くずお》れそうになった。

もう自分は光彦にとって特別でもなんでもない、大勢いる招待客の中の一人なのだと突きつけられた気分だった。

それなら俺も、単なる友人の一人として式に出席しよう。破れかぶれな気持ちで結婚式場までやって来たものの、当日に配られた席次表を見て息を詰めた。

高砂を正面に見て、左側に新郎のゲスト、右側に新婦のゲストがずらりと並ぶ。高砂に近い上座《かみざ》につくのは新郎新婦の会社の上司や恩師だ。双方とも父親の仕事の関係者が多い辺り、個人というより家同士の結婚、という印象を強く抱いた。

その後ろには会社の同僚や友人が配置され、高砂から一番遠くに親族席が並ぶ。

新郎、新婦とも似たような席順で、招待客の数もほぼ同じ。一点だけ違うのは、会場の中頃に配置された同僚や友人席だ。

ゲストの名前の上にはそれぞれの肩書きが記《しる》されている。新婦同僚、あるいは新婦友人。新婦側は、同僚より友人が多く招かれているのが一目でわかる。

それに対して光彦はほとんどが同僚で——いや、ほとんどどころか、新郎友人と記されているのはたった一人、俺だけだった。

高校までは俺が光彦を独占していたせいで、他に友人がほぼいなかったのは知っていたが、大学では新しい友人もできていたはずだ。一人や二人、声をかける相手もいただろうに。

お前だけ、と言われたような気がして、式の前から両手で顔を覆いそうになった。

ただの俺の思い込みか。自惚れか。願望かもしれないと思ったら惨《みじ》めになって、光彦に背中を向けたまま体の脇で強く両手を握りしめる。

立ち去りたい。でもこれが本当に最後の機会だ。今日を最後に光彦の顔を見ることも、話をすることもなくなるだろう。

つき合う前ならば光彦が結婚した後も友人面《づら》をして飲みに誘うことだってできたが、もう無理だ。お互いそれは痛いほどわかっていて、だから動けなかった。

何度か深呼吸を繰り返し、握りしめた手を緩《ゆる》める。なるべくなんでもない顔で、と自分に言い聞かせてから光彦を振り返った。

椅子に腰かけた光彦は膝に腕を置き、背中を丸めてこちらを見ていた。

披露宴会場でもずっと遠くからその姿を見ていたが、これほど間近で顔を突き合わせるのは久しぶりだ。

白いタキシードを着て前髪を後ろに撫でつけた光彦は、非の打ちどころのない美しい新郎だった。

最後に会った日とは違う。あの日の光彦は遠目からでもわかるくらい血の気の失《う》せた顔をしていた。青白い、などという生易《なまやさ》しいものではない。雪の下に埋《う》めておいたのをたった今掘り出したような白さだったのだ。

今は頬に赤みがさしていて、酔っているせいだとわかっていてもほっとする。

同時に、極力思い出さないようにと頭の奥にせき止めていた澱《よど》んだ記憶が、ゆらりと揺れた。

あのとき、先に別れをほのめかしたのは光彦だった。

つき合ってもうすぐ一年を迎えようという頃から、なんとなく光彦の態度がぎこちなくなっていたのはわかっていた。一緒にいても気もそぞろで、そのうち休日に誘いをかけても断られるようになった。

そんな折に光彦から呼び出され、なにがしかの予感を覚えて待ち合わせ場所に向かった。喫茶店の奥の席で俯く光彦の、蝋《ろう》のように白い横顔を思い出す。

――家族から見合いを勧められた。断り方がわからない。

項垂《うなだ》れて、呻《うめ》くようにそう口にした光彦を見た瞬間、ああやっぱり、と思ってしまった。光彦とつき合い始めてからずっと、いつかこんな日が来るのではないかと予期していた。長年培《つちか》った考え方はそうそう変わらない。それは仕方のないことだ。

家族から見合いの打診が来たのはだいぶ前らしい。最近あまり誘いに乗ってくれなかったのはそのせいか。

向かいの席に座って目を伏せる光彦は、もう何日もろくに眠らず、まともな食事もしていないのではないかと危ぶむほど憔悴《しょうすい》しきった顔をしていた。

――これ以上の良縁はないと、両親が俺の手を握って熱心に勧めてくるんだ。

どうしたらいい、と項垂れた光彦の顔に表情はなく、眼窩《がんか》は落ちくぼんで、疲弊も甚《はなは》だしい。

その様子を見ていられなかった。

見合いを受けるよう勧めたのは俺だ。そうなれば、自分と光彦が別れることになるのは承知の上で。

他に何を言えばよかったのだろう。

見合いの話を断れば、光彦の両親はその理由を執拗《しつよう》に尋ねてくるだろうし、家族の前ではことさら不器用にしか立ち回れない光彦は本当のことを口にする。そうなったらもう、家庭内の断絶は避けられない。

あれほど家族に固執していた光彦に、親兄弟との縁を切って俺を選んでくれ、なんて言えなかった。

俺と別れた後、あっという間に光彦の見合い話は進み、半年で今日の披露宴を迎えることになった。こんな豪華な披露宴会場、半年どころか一年先まで予約でいっぱいだったろうに。両家共にそれくらいの無茶は押し通せる力があるのだ。自分たちが手を取り合ってこの縁談から逃げたところで、いずれ追いつかれて雁字搦《がんじがら》めにされるのは目に見えている。

だからもう、どうしようもなかったのだ。

白いタキシードを着た光彦はペットボトルの水を呷《あお》り、深々とした息を吐いた。

「今日は、来てくれてありがとう」

濡れた口元を手の甲で拭《ぬぐ》う光彦から目を逸《そ》らせない。かつては戯《たわむ》れるようにその手を取って、笑いながら唇を寄せあったこともある。

けれどその手に、唇に、あんなふうに触れることは二度とできない。

もう、俺のものではないのだから。

「藤吾」

名前を呼ばれて我に返る。濡れた口元から視線を上げれば、腫《は》れぼったい目でこちらを見上げる光彦と目が合った。

光彦は重たげな瞬《まばた》きを繰り返し、「式、来てくれるとは思わなかった」と呟く。

「招待状を送ってくれたのはそっちだろ」

「封も開けずに捨てられるかもしれないと思ってたんだ。期待してなかったから返信がきたとき、驚いた。だって」

光彦の言葉がふつりと途切れる。式の最中だ。別れた恋人の結婚式なんて、とは間違っても口にできなかったのだろう。

「……これが最後の機会になりそうだったからな」

少し迷ってからそう答えると、光彦の目に傷ついたような色が滲んだ。最後だから、と言って俺をここに引き止めたのは光彦の方なのに。

自分の立場も忘れて光彦に手を伸ばしてしまいそうになって、再び体の脇で拳《こぶし》を握りしめる。

光彦は目の奥に浮かんだ感情を隠すように何度か瞬きをして、もう一口水を飲んだ。脱力したように体の力を抜き、椅子の背にぐったりと凭れかかる。

「おい、大丈夫か？　これから着替えもあるんだろ？」

目を閉じた光彦の体が斜めに傾いて、椅子からずり落ちそうになる。さすがに放っておけずに駆け寄った。

触れることがためらわれるような、染みひとつない真っ白なタキシードに恐る恐る手を伸ばして腕を摑む。うっすらと目を開いた光彦は俺の手を見て、口元に微かな笑みを浮かべた。

「今ならまだ、この会場を抜け出してお前と一緒に逃げることもできるぞ」

潜《ひそ》めた声で囁かれ、冗談だとわかっていても体が強張《こわば》った。

いや、本当に冗談だろうか。

光彦の体からは力が抜けていて、このまま腕を摑んで走り出してしまえば、きっと難《なん》なく会場を抜け出せる。

光彦がゆっくりと瞼《まぶた》を上げる。

こちらを見上げる目は熱で潤《うる》んでいた。切実な目だ。

多分、冗談ではない。今この瞬間だけは。

でも、今だけだ。披露宴会場でさんざん飲まされ、光彦はひどく酔っている。現実的な問題は意識の外に弾《はじ》き飛ばされ、その下に埋もれていた願望が顔を覗かせただけだ。

このまま光彦の手を引いて逃げ出したとしても、素面《しらふ》に戻った途端、光彦はまた家族のことを思って夜も眠れなくなるのだろう。

披露宴会場にはたくさんの招待客がいる。両家の親族、関係者が雁首《がんくび》揃えて新郎新婦の戻りを待っている。この状況をひっくり返すことになったら、見合いを持ち掛けられたときより光彦の精神状態が荒れるのは間違いない。

もう何もかも遅いのだ。

一つ深呼吸をしてから、光彦の正面にしゃがみ込んだ。片膝ついてプロポーズでもするような格好で。酔ってとろりとした目でこちらを見下ろす光彦に、できるだけ穏やかに笑いかける。

「マリッジブルーってやつだな。少し不安になってるだけだ」

光彦は表情も変えずに瞬きを返す。知らない国の言葉に耳でも傾けているかのようだ。会話の内容より、喋っている相手の表情や目の動きから何かを探ろうとしている。

だから俺もなるべく本心を出さないよう、何ひとつ悔いのない表情を取り繕《つくろ》う。

幼い頃からずっと光彦を見ていた。家族に対する痛々しいほどの執着も知っている。一度は捨てたはずのそれが何度でも再燃《さいねん》する姿も、つき合う間に何度も見てきた。

光彦は家族を捨てられないし、家族が自分を都合のいい駒のように扱っているとわかっていてもなお、強く何かを望まれれば断れない。遅かれ早かれこんな日が来ることは覚悟していたし、この状況を乗り切ったとしても同じ不安は延々と続く。

「大丈夫、お前なら上手くやり遂げられる」

言い切ってやると、光彦の顔がわずかに歪《ゆが》んだ。ふらふらと手が伸びてくる。

「……藤吾がいないと大丈夫じゃない。最後だなんて言わないでくれ」

掠《かす》れた声に涙が交じっていた。最後だって先に言ったのはお前だぞ、とは思ったが、新郎をこんな所で泣かせるわけにはいかず差し出された手を強く摑んだ。

痛切な言葉にどう答えてやるのが正解なのかわからない。今日を最後に光彦とはもう二度と会わないつもりだったが、光彦はそれを嫌がっている。

どうしたらよかったんだと呻きたくなった。

見合いの話を持ち出されたとき、光彦を止めるべきだったのか。家族を捨ててくれと言ってしまってよかったのか。家族と切り離されたとしても俺が寄り添っていれば、いずれ光彦の心も安定していたのだろうか。

けれどすべては過去の話だ。もう戻れない。

戻れないなら、現状で出せる最善策《さいぜんさく》を出すしかない。

「わかった。そばにいる。今日で最後だなんて言って悪かった」

口早に告げると、光彦がわずかに目を見開いた。

「どんな選択をしたってずっとお前が好きだ。親友だからな」

もう光彦と一緒にこの場から逃げだしてやることはできない。自分にできることは、この先も親友として光彦に寄り添うことくらいだ。恋人同士だった過去などおくびにも出さず、お前の選択は間違っていなかったとその背中を押すために。

そうだ。最初からそうすべきだった。光彦の心がぐらついたとき、親友として誰より近くで支えてやればいい。いつ終わるかわからない恋人同士という関係にしがみつくらいなら、親友に戻った方が心安らかでいられる気すらした。

そんな思いを込め、親友だ、と口にした瞬間、光彦の目の奥を何かが過《よぎ》って、消えた。流れ星のように落ちていったのは最後の期待のようなものだったのかもしれない。光彦はそれを隠すように目を閉じて、そうか、と小さく呟いた。

室内に沈黙が落ちる。

小さな部屋に何かが満ちて、今にも溢れてしまいそうだと思ったそのとき、部屋の扉が控えめにノックされた。

「そろそろよろしいでしょうか?」

式場の係員の声だ。慌てて立ち上がりドアを振り返った。いくら友人とはいえ、新郎の前に傅《かしず》いて手を握っていたら何事かと思われる。

扉が開くと同時に、背後で光彦が立ち上がった。

直前まで顔を上げているのも億劫《おっくう》そうにしていたのに、光彦は一瞬で意識を切り替えたようにしっかりと背筋を伸ばして立っていた。

「ありがとうございます、今行きます。藤吾も、つき合ってくれてありがとう」

額《ひたい》に落ちた髪を後ろに撫でつけ、光彦は俺の目を見て言った。

「見ててくれ、ちゃんと幸せになるからな。意地でも離婚なんてしないぞ」

「ば……っ、式の当日にそんな縁起《えんぎ》の悪い言葉使うな！」

部屋の入り口に控えている係員の耳を気にしてとっさに言い返すと、弾《はじ》けるような笑い声が返ってきた。吹っ切れたような笑顔だ。

「お前が見守っててくれるなら安心だ。それじゃ、また後でな」

部屋を出る直前、振り返った光彦が笑顔で手を振ってきた。俺も軽く手を振り返し、係員と慌ただしく衣装室へ向かう光彦を見送る。

式場はどこもかしこも分厚《ぶあつ》い絨毯《じゅうたん》が敷かれていて、光彦たちが立ち去る足音は聞こえない。すべての音が足元に吸い込まれていくようで、一人取り残された控室の中はひどく静かだ。

なんだか力が抜けてしまって、光彦が腰かけていた椅子に座り込む。

背もたれに身を預け、天井を仰《あお》いで深く息をついた。

——たぶん本当に、これが最後のチャンスだった。

目の前に提示された選択肢を、自分は間違えず選ぶことができただろうか。

光彦のさっぱりとした笑顔を思い出し、口元に笑みを浮かべる。

「これが最善だろ」

我知らず、声に出して呟いていた。

当たり前だ。もう式は始まっているのだ。光彦の人生もすでに自分の手を離れて動き出している。今さら引き止められない。これが最善だ。当然だ。そうだろう。

そう思わせてくれ。

声だけでなく何か別のものまで溢れてきてしまいそうで、俺は天井を見上げたまま、片手で目元をきつく覆った。

＊＊＊

エンドマークもなく文章が途切れた。あとは文字の下に空白が続くのみだ。

画面を見詰めているうちに、店内のざわめきがゆっくりと耳に戻ってくる。

長く俯いていたせいで、顔を上げようとしたら首の関節がわずかに軋《きし》んだ。目の前では、柚希が手酌《てじゃく》で紹興酒を飲んでいる。

柚希と目が合う。「読んだ?」と問われ、詰めていた息と一緒に声を押し出した。

「バームクーヘンエンドじゃないですか……!」

テーブルについた肘《ひじ》がぶるぶると震えていた。途中何度か席を立ちそうになり、それを無理やり抑えつけていたので体中の筋肉が妙な具合に緊張している。

覚悟はしていたつもりだったが、こんな内容だとは。原稿を読む間、よくぞ叫びださずに済んだものだと自分を褒《ほ》めてやりたい。

柚希は酔ってもいない顔で酒を飲みながら「よく知ってるね、そんな言葉」などと言う。

自分でもいつどこで仕入れた知識か定かでないが、仲睦まじいと目《もく》されていた二人が周囲の予想を裏切って別の誰かと結婚してしまう展開をバームクーヘンエンドというらしい。残された片割れは相手の結婚式に出席し、引き出物のバームクーヘンを持ち帰って一人寂しくそれを食べる。この小説の中の自分も披露宴を終えた後、バームクーヘンを手に一人とぼとぼと家路《いえじ》につくのだろう。

改めてテーブルを見ると、柚希の前に置かれていた空心菜の炒め物が空《から》になっている以外、料理はほとんど減っていなかった。餃子や酢豚はすでに冷め始めている。あまり文章を読むのは早くないので、だいぶ時間が過ぎていたようだ。

深く息をついて椅子の背もたれに身を預けると、背中が汗でびっしょりと濡れていた。ひどく体が重い。悪夢を煮詰めてコールタール色のジャムにしたものでも食べさせられた気分だ。

「これを読ませたんですか、光彦に」

よりにもよって、と思ったら、どうしたって声が低くなった。

光彦の思考回路は複雑だが、その心根《こころね》はまっすぐで純粋だ。そのまっすぐさが様々な思考を経《へ》た末にどの方向へ飛んでいくのかわかりにくいだけである。

だからこそ、最初に渡したイタコ小説を読んだときも、七十代、四十代の自分たちの在《あ》り方を真剣に考え、あり得るかもしれない未来を想像してくれた。

それだけに恐ろしい。自分たちの未来が破綻《はたん》する物語など光彦が読んでしまったら感化されるに決まっている。

藤吾はきつく奥歯を噛んで画面をスクロールさせる。

自分と光彦が別れているという展開だけでも光彦に悪影響を及ぼしそうだが、何より気になるのは作中の自分のセリフだ。

『どんな選択をしたってずっとお前が好きだ』

（……これのせいか！）

つくづく柚希の観察眼には恐れ入る。これと似たようなセリフを、現実でも自分は光彦に伝えている。数日前、電話口で急に光彦の声が硬くなった理由がわかった。先にこの小説を読んでいたからか。

携帯電話のフレームが軋むほど指先に力を入れて唸《うな》っていると、ふいに柚希が口を開いた。

「光彦から、お守りみたいな小説が欲しいって言われたんだよね。めちゃくちゃハッピーエンドになるやつ」

ハッピーエンドとは、と思いつつ柚希を見れば、「わかってるよ」と肩をすくめられた。

「本当はあんたたちの結婚式でも書くつもりだったんだけど、途中で筆が滑《すべ》った。さすがに手直ししてから渡したかったんだけど、会社の繁忙期と副業の締め切りが重なってたせいで修正まで手が回らなくて。光彦は光彦で、こっちの都合も考えず早く見せろってうるさくてね」

まだかまだかと柚希を催促する光彦の姿が目に浮かぶようだ。ここのところ本当に柚希は忙しかったようだし、げんなりしてしまうのも無理はない。

「それにしても、どうしてこんな話を……」

「書き始める前に、ちらっと考えちゃったからじゃないかな。つき合うことになったはいいけど、この先光彦の家族がどう出るかお互い不安になってるんじゃないかなーって」

「それで、最悪の状況を小説に落とし込んだと」

「別に私が二人の破局を望んでるわけじゃないよ？」

本心からの言葉だろう。柚希の顔には後ろめたそうな表情すら浮かんでいない。

藤吾は自身を落ち着かせるように深く息を吐く。

わかっている。柚希はそういうタイプの作家だ。何か思いついたらまず紙にぶちまけないと次の作業に進めない。思いついたアイデアは形にしてやらない限り頭から離れないのだ。

「思いついたら最後、自分でも止められないんですよね？」

「そう。ブレーキぶっ壊れててごめんね。ほら、まずは食べな」

柚希が餃子の皿を押し出してくる。正直全く食欲はなかったが、いったん自分を落ち着かせるために箸を取った。

「これを読ませたとき、光彦の反応はどうでした？」

「真っ青になってた」

だろうな、と思いつつ機械的に餃子を口に運ぶ。先週の焼き鳥屋で、光彦がやけに真剣な顔で「柚希ちゃんのイタコ小説って、本物だと思うか？」などと言っていたのを思い出してまたぞろ溜息が出た。

光彦は、この物語が現実になるとでも思ったのだろうか。

なるわけもないがタイミングが悪かった。

数日前、電話口で光彦に「どんな選択をしたって、ずっとお前が好きだ」と告げたのは、何がどう転んだって光彦を手離すつもりはさらさらないので好きに行動してくれて構わない、という意味だった。どちらかというと、後処理は任せろ、くらいの意味だったのだが、完全に取り違えられてしまった。

ゴムでも噛むような気分で餃子を食べていたら、柚希に顔を覗き込まれた。

「ごめん。やっぱり怒った？」

普段は何事にも動《どう》じない柚希だが、今日ばかりはさすがに申し訳なさそうな顔だ。

藤吾は首を横に振る。柚希だって時間さえあれば原稿を修正してから渡すつもりだったのだろう。待ちきれずしつこく催促した光彦にだって多少非はある。

「怒りませんよ。これが現実になるわけでもないので」

「その割に、珍しく険《けわ》しい顔してるけど」

それは無自覚だった。親指の腹で眉間を軽く揉《も》み、少し冷静になるつもりで酢豚を柚希の分も小皿に取り分ける。

柚希の小説の恐ろしいところは、話の本筋に関係のない細々とした部分に「これは自分がやりそうだ」と思う描写が入ってくるところだ。

例えば控室から出ていく光彦を見送るシーンなど、先週の光彦との別れ際のやり取りとよく似ている。用事があると言いつつ引き止めてほしそうな顔をする光彦と別れた後、一人駅に残された自分が作中の自分と同じような事を呟いていたことを思い出してぞっとした。

とはいえ、話の本筋については別だ。

「もし光彦に見合い話が舞い込んだとしても俺はこの通りに動くつもりはないんですが、光彦がわからないなぁ、と思いまして」

「ああ、光彦はねぇ……」

「光彦ですから」

本当に、何をしでかすかわからない。

だからこそ、作中の自分の懸念《けねん》もわからないではないのだ。

光彦の中に家族に対する並々ならぬ思い入れがあったのは間違いないし、家族の役に立ちたい、振り返ってもらいたいという気持ちがなんのきっかけで再燃するともわからない。現実に家族から見合いの打診などきたら、毅然《きぜん》として断れるだろうか。

断れたとしても、馬鹿正直に「同性の恋人がいます！」などと宣言してしまって、家族から「男同士で日陰で暮らすつもりか」「相手も不幸になるぞ」なんて脅《おど》されてしまいそうだ。

とかく斜め方向に突っ走りがちな光彦だ。藤吾のために身を引くべきでは、などと思い詰めて、前触れもなく失踪してしまう可能性も否定しきれず頭を抱える。

それに、このタイミングで光彦が柚希にイタコ小説を依頼したのも気になった。人が占いや神様に頼るのは、何かしら自分の行く末に不安を覚えているときだ。

「お守りみたいな小説が欲しいってことは、光彦は何か現状に悩みとか不安でもあったんですかね」

だとしたら、先回りして手を打てなかったことが悔やまれる。

柚希は紹興酒を舐《な》めるように飲みながら、どうかな、と首を傾《かし》げた。

「少なくとも、またイタコ小説を書いてほしいって依頼されたときは何か深刻に悩んでる感じじゃなかったよ。むしろ藤吾君とつき合うことになって浮かれてるみたいだった。ただ……」

言葉を濁され、思わず身を乗り出した。

「ただ、なんです？」

「いや、今日光彦が飲みに来られなかった理由、本人から聞いてる？」

「聞いてません。用がある、としか」

「家族に呼ばれてるらしいよ。久々に食事会するんだって」

電気ショックでも与えられたように体が跳ねた。それまで大人しくしていた心臓が、にわかに存在感を主張して激しく鼓動し始める。

普通の家庭なら食事ぐらい珍しくもないが、光彦の家は事情が違う。多忙な家族が集まる機会など滅多《めった》にないし、そこに光彦が呼ばれることはさらにない。呼ばれるとすれば、何かよほどの用事があるときだけだ。

「……光彦が呼ばれた理由は？」

張り詰めた藤吾の顔を見返して、柚希は申し訳なさそうに首を横に振る。

「ごめん、そこまでは知らない。どっかの店に食べに行くって言ってたけど」

「どの店に行ったかとかは」

柚希を詰問《きつもん》したところで仕方がないのに、声はどんどん低くなる。心臓はこんなに激しく脈打っているのに、指先は血が滞《とどこお》ったかのように冷えていく。反対に首から上がやけに熱い。頭の奥がぐらぐらと煮え立つようだ。

柚希が軽く片手を立てた。落ち着いて、という意味だろうか。

「場所は聞いてない。私も光彦から何か相談されたわけじゃないし、本当にただ食事に行くって報告されただけだったから。てっきり藤吾君も知ってるのかと思ってた」

柚希がそう言うからには、光彦の態度に変わったところはなかったのだろう。だが、本人が何も察していなかっただけで、今頃家族にとんでもない話を持ち掛けられている可能性はある。例えばイタコ小説に出てきたように、見合い話など持ち掛けられていないだろうか。

柚希に断りを入れるのも忘れ、携帯電話を取り出して光彦に電話をかけた。だが電源を落としているのか一向に通じない。

何度か電話をかけ直し、最後は諦めて携帯電話をテーブルに置いた。特に力を入れたつもりもなかったが、携帯電話のフレームがテーブルを打つ高い音が店内に響く。その音を契機にしたように「今日は早めにおひらきにしようか」と柚希から切り出された。

いいえ、と一度は否定しかけたが、すぐに「すみません」と頭を下げた。

「せっかく仕事明けに飲みにきたのに」

「いいよ、私の小説も悪かった。不安にさせて申し訳ない。ここは奢《おご》るから」

デキャンタに残っていた酒を互いのグラスに注《つ》ぐ柚希を眺め、溜息交じりに呟く。

「フィクションだってわかっててもこれだけ心をかき乱されるんですから、柚希さんの小説はすごいですよ」

「そう？　そこまで心乱されてるようには見えないけど」

「顔に出にくい質《たち》なので」

「それは損な質だねぇ」

柚希が酒を注いでくれたグラスを手に取り、軽く掲げて口をつける。それを一息で飲み干し、勢いよく席を立った。

「ご馳走《ちそう》さまでした、次は俺が奢ります」

言うが早いか上着を引っ掴み、一礼して身を翻《ひるがえ》した。

表情を抑えることはできても行動までは抑えきれない。背後から柚希に「何かあったら連絡して」と声をかけられたが振り返るだけの余裕もなく、入り口の暖簾《のれん》を吹っ飛ばす勢いで店の外へと駆け出した。

店を出るなり全力で走って駅に向かい、電車を降りるやマンションまでまた走った。

肩で息をしながらエントランスに駆け込み光彦《みつひこ》の部屋番号を呼び出したが返事はない。もう一度光彦に電話をしてみるが相変わらず通じず、一度マンションの外に出て帰りを待つことにした。住人以外の人間がエントランスをうろついていたら、最悪住人から通報される。

マンションを囲う植え込みの前に立って息を整えながら、ダウンジャケットのポケットに両手を突っ込んだ。

(小説の中で光彦から別れ話を切り出されるときの俺も、ダウンを着てたな)

嫌なことを思い出した。だが、柚希《ゆずき》の小説はあくまでフィクションだ。

それに、ああいう未来も起こり得ると事前に想定しておくこと自体は悪くない。

現実に光彦が家族から見合い話など持ち掛けられていたらどうする。また藤吾《とうご》の幸せがどうとか言い出して、自《みずか》ら身を引こうなどと決心していたら。マンションに帰ってきた光彦が、万が一にもこちらの顔を見るなり逃げだそうとしたら?

(……そうなったら全力で捕まえて、どっかに閉じ込めちまうか)

唇から細く長い息を吐くが、まだ十二月に入ったばかりなので息は白くこごらない。こうして長々と吐き出される息も、胸の内にすくう光彦への執着心も、他人の目には映らない。

感情が顔に出にくいのは損なのだろうか。むしろそれでよかったと思う。この胸の内がすべて見えていたら、光彦なんてとっくに怯《おび》えて自分のもとから逃げ出していたのではないか。

身じろぎもせずそんなことを思っていたら、マンションの前にタクシーが止まった。中から誰か降りてくる。スーツの上にチェスターコートを着た光彦だ。

エントランスの入り口から少し離れた場所に立っていた藤吾は、こちらに気づかずまっすぐマンションに向かって歩く光彦に大股《おおまた》で近づいた。気配に気づかれる前に素早くその腕を摑めば、驚いたような顔を向けられる。

「と……っ、藤吾?」

「家族で食事に行くのにわざわざスーツ着込んでくのか。相変わらずだな」

呆れを含ませた口調で言うつもりだったのに、凄《すご》むような低い声が出てしまった。そこまで気を遣わなければならない家族なんてもう相手にするなと口を滑《すべ》らせてしまいそうだ。

光彦は目を丸くして「どうして食事のことを……」と呟く。

「柚希さんから聞いた」

腕を振りほどかれぬよう指先にじわじわと力を込め、逃げ道をふさぐつもりで先んじて宣言した。

「光彦。俺はお前を手放すつもりなんて、これっぽっちもないからな？」

そう口にした瞬間、困惑の表情を浮かべていた光彦がサッと顔色を変えた。

光彦の感情がどんな角度に傾いているかわからないだけに、藤吾は注意深くその表情を見詰める。もしもネガティブな感情に支配され、嘘だ、無理だと否定されたら全力でその口をふさぎにかかる気でいたが、光彦の口から飛び出したのはどちらでもなかった。

「俺だって当然そのつもりだが!?」

人気《ひとけ》のないマンション前に、光彦の絶叫が響き渡る。

何を言われても動じないつもりでいたが、その内容と、何より声の大きさに驚いてすぐには二の句が継げなかった。

光彦は両手を握りしめ、仁王立《におうだ》ちになってさらに言い募《つの》る。

「お前に手放す気があろうがなかろうが知ったことか！　俺はお前を放さないからな！」

「な……っ、なんだ、どうした急に」

「お前が言い出したんだろうが!?」

それは全くその通りなのだが、まさかこんな、額《ひたい》に青筋を立てて言い返されるとは思ってもいなかった。すでに夜も更《ふ》けているというのに、辺り憚《はばか》らず大声を張り上げる光彦にすっかり驚かされ、逆に藤吾の方が冷静になってしまった。

「わかった、急に悪かった。とりあえず、近所迷惑になるから声のボリュームを落としてくれ。

あと、できればお前の部屋に入れてほしい」

光彦は藤吾を睨んでぐっと唇を噛むと、無言で踵《きびす》を返した。藤吾も光彦に続き、エントランスのオートロックドアを潜《くぐ》り抜けて二人してエレベーターに乗り込む。

二人きりのエレベーターの中、横目で光彦を盗み見た。顔色は悪くない。酔ってもいないようだ。だが目つきが険《けわ》しい。原因はなんだ。よくわからないまま口を開く。

「今日、家族に会いに行ってきたんだろ？　なんで教えてくれなかったんだ？」

エレベーターはあっという間に目的の階に到着して、先に光彦が廊下に出た。光彦は外廊下を歩きながら、振り返りもせずぼそりと答える。

「言ったら藤吾が変に心配すると思ったんだ」

「柚希さんのイタコ小説に出てきた俺みたいにか？」

光彦の足取りが乱れた。振り返り、「読んだのか」と低く呟く。

「お前の結婚式に出席する話だろ。今日読ませてもらった」

光彦は再び前を向くと、立ち止まってコートのポケットから鍵を取り出した。

玄関の戸を開けて中に入り、いつになく乱暴に革靴を脱いで廊下を進んでいく光彦に、藤吾は靴を脱ぐのもそこそこに言い募る。

「あれは柚希さんの創作だ。現実は違う」

また何か一人で思い詰めているならじっくりと言い聞かせる必要がある。そんな考えはまたしても、振り返った光彦の一喝《いっかつ》で吹き飛んだ。

「当たり前だ！　俺がお前より家族を取るわけがないだろう！」

眉を吊り上げた光彦を見て、藤吾もようやく自分の勘違いを悟《さと》った。柚希の書いたあの小説を読んだ光彦は、落ち込むどころか怒っているようだ。

光彦は足音も荒く廊下を進むと乱暴にコートを脱ぎ、広いリビングダイニングの明かりをつけた。ダイニングチェアの背にコートを投げかけ、部屋の奥に進んでソファーにドカリと腰を下ろす。その様子を部屋の入り口から見ていると、振り返った光彦に無言でソファーの座面を叩かれた。ここに座れ、ということか。

言われるままソファーに近づき光彦の隣に腰を下ろす。「上着も脱げ」と言われたので大人しく従った。光彦は腰を据《す》えて話をするつもりのようだ。

「先に質問していいか」

腕を組み、不満も露《あら》わに口を引き結んでいる光彦に尋ねる。光彦がわずかに顎《あご》を引くのを確認してから、マンションに来るまでずっと疑問に思っていたことを口にした。

「なんで今更柚希さんにイタコ小説を依頼したんだ？　お守りみたいな小説が欲しいって柚希さんには言ったらしいが、そんなものが必要になるくらい悩んでることでもあったのか？」

限界まで下がっていた光彦の口角《こうかく》が少しだけ上がって、ようやく唇が水平になった。組んでいた腕も解いて、言葉を探すように黙り込む。

「……悩みというか、まあ、悩みか？　いや、最初は単に、縁起《えんぎ》のいいものを手元に置いておきたくなったんだ」

首を傾《かし》げながら記憶を探る光彦の横顔を見るに、イタコ小説を依頼しようと思いついた理由自体はそれほど深刻なものではないらしい。

「柚希ちゃんに見せてもらったイタコ小説は、どちらも一度はお前が俺に振られてるだろう。藤吾がそういう不憫《ふびん》な目に遭《あ》わず、最初から最後まで俺たちが仲睦《むつ》まじく過ごしている小説が欲しかったんだ、最初は」

「最初はってことは、途中で目的が変わったってことか？」

「変わったというか、交ざったというか」

光彦は膝の上で手を組んで、左右の親指同士を押しつけ合うようにして続ける。

「お前とつき合い始めてから、一つだけ気になることがあった。俺は、世間の目とか家族のこととか全部放り投げてお前と恋人同士になると決めたが……世間はともかく、家族から横槍《よこやり》を入れられたとき、きちんと対応できるだろうか、と」

どきりとした。自分が考えていた不安を、光彦自身も抱《いだ》いていたのだ。

光彦は落ち着かない様子で親指の爪を弾《はじ》きながら続ける。

「もしも真《ま》っ向《こう》から家族に自分たちの関係を否定されたらどうなるだろうと、少し心配だった。もちろんお前の手を取るに決まっているが、子供の頃からずっと家族の視線を意識して生きてきたからな。動揺するのは避けられないんじゃないかと思ったし、そういう姿をお前に見せて、不安がらせてしまうのも嫌だった」

そんな不安を拭《ぬぐ》うためにも、何か明るい話が欲しかったのだと光彦は言う。

自分と藤吾が寄り添って、波乱もなく甘やかに過ごす短い物語。ごくありふれた、でも幸福な日常を切り取ったようなそれを手元に置き、何度も読み返して不安など消してしまおうと考えたのだそうだ。

「――そのつもりで柚希ちゃんに依頼した小説が、あれだ」

光彦とはもう長いつき合いだが、こんなにも低い声が出ることを初めて知った。膝《ひざ》に腕をつき、すっかり項垂《うなだ》れてしまっている。少し背中を押してやったら膝に額がつきそうだ。

「それは……災難だったな」

今後の二人の未来を透かし見るつもりで依頼した小説があの内容では、それはそれは打ちのめされたことだろう。慰めるつもりで背中に手を添えると、それを振り払うように光彦が勢いよく身を起こした。

憔悴《しょうすい》しきった顔をしているかと思いきや、こちらを見る光彦の顔は憤怒《ふんぬ》の表情だった。

「それよりなんだ、あの内容は！　俺よりお前の方がよっぽど後ろ向きじゃないか！」

「え、いや、だから……あれはただの創作物だろう。フィクションだ」

「フィクションでもあり得ん！　俺がお前と別れて結婚？　するわけないだろうが！　現に見

合いの話なんて断ったぞ！」

「見合いって、あれか？　上司から勧められてたっていう……」

「そっちじゃない！　今日だ、今日！　さっき家族から見合いを勧められてきたんだ！」

吠《ほ》えるように怒鳴りつけられて目を見開いた。なおも何か言い募ろうとする光彦の肩を摑んで押し止《とど》める。

「待て、本当に今日の食事会で見合いの打診をされたのか」

「そうだ、その話自体は事前に電話で聞かされてたんだ。ちょうど柚希ちゃんから例の小説を受け取った直後だ」

なんてタイミングだと息を吞む。光彦はさぞ動揺したことだろうと肝《きも》を冷やしたが、続く言葉はこちらの懸念《けねん》を蹴《け》り飛ばすものだった。

「全くそれどころじゃなかった」

「え」

「だから！　見合いを勧められたことより、これを知ったらお前がどれだけ悲観的なことを考えるだろうとそればかり気になって家族からの電話中も終始《しゅうし》上の空だったんだ。それで確信した。家族よりお前との将来の方がずっと大事だ！　家のことなんて知ったことか！」

真正面から叩きつけるように言い放たれ、息が止まってしまうかと思った。まるで突風に顔を打たれたような気分だ。一拍置いて呼吸を取り戻し、光彦の肩を摑んだまま呟く。

「じゃあ、見合いの話は」

「断った。当然だ。お前がいるからな」

当たり前だ、と光彦は胸を反《そ》らしてみせる。堂々としたこの態度を見るに、本当に見合いの話は蹴ってきたようだ。

「……そうか」

光彦の肩を摑んでいた手から力が抜けた。

自分の指先が微《かす》かに震えているのを見て、遅ればせながら自覚した。もしかすると、バームクーヘンエンド小説に影響されていたのは光彦より自分の方だったのかもしれない。

光彦が見合いの話を断ったと聞いて、心底ほっとしている自分がいる。現実もこんな展開になるのでは、と心のどこかで不安を覚えていた証拠だ。

藤吾は光彦から手を離すと、脱力してソファーの背に凭《もた》れかかった。

柔らかなソファーに体が沈み込む。柚希と別れるや猛然《もうぜん》と走って電車に飛び乗り、そこからまた光彦のマンションまで走って、さらに小一時間も寒空の下で待ちぼうけを食らって疲労困憊《ひろうこんぱい》だ。最悪の状況を免《まぬが》れて安堵したこともあり、瞼《まぶた》を閉じたら一瞬で眠りに落ちてしまいそうだった。それをなんとか踏みとどまって、顔だけ光彦の方に向ける。

「見合いの話、どうやって断ったんだ?」

光彦も言うだけ言って人心地ついたのか、ネクタイの結び目を緩《ゆる》めながら答えた。

「恋人がいると家族に伝えた」

「正攻法だな」

「相手は男性で、俺はゲイなので見合いの話は金輪際《こんりんざい》持ってこないでほしいとも言っておいたぞ」

平然と言い返され、ぶはっと勢いよく噴き出してしまった。

もしも光彦が家族から見合いを勧められたら馬鹿正直にそんなことを言い返すのではと思っていたが、本当に予想通りの言葉を口にしている。

「何がおかしい」

「いや、お前は本当にまっすぐだなと思っただけだ。で、家族からはなんて言われた？　男同士で幸せになれるわけない、みたいなこと言われなかったか？」

上体を捻《ひね》り、ソファーの背もたれに肘《ひじ》をついて尋ねる。

光彦はゆったりと脚を組むと、ふふん、と得意げに笑ってみせた。

「それは藤吾とつき合う前に俺がさんざん考えたことだな。任せろ、全部論破《ろんぱ》してやったぞ」

今度こそ声を立てて笑ってしまった。

そうだった、光彦はいつだってまっすぐ斜めの方向に飛んでいくのだ。開き直られたら最後、もう誰にも止められるわけがなかった。

笑いながら、「家族の反応は？」と重ねて尋ねる。

「なんかいろいろ言ってたぞ。いちいち覚えてないが。とりあえず、『俺たちのことを静かに見守ってもらえるなら、俺も黒田正光《くろだまさみつ》の息子として世間に対し盛大なカミングアウトなどしません』と伝えておいた」

「脅《おど》しだな？」

「結果的にそうなったな」

いけしゃあしゃあと言い放つ横顔がいつにも増して男前で目を細める。光彦の豹変《ひょうへん》に家族も目を丸くしたことだろう。

「なんか言い返されなかったか？」

「言い返すどころか絶句してたぞ。そうそう、兄が近々出馬《しゅつば》するらしいんだ。だから俺がカミングアウトしたらしたで、ＬＧＢＴに理解がある政治家として兄さんも名が知れ渡るかもしれませんね、とは言っておいた」

「それ、皮肉じゃなくて半分くらいは本気で言ってるだろ」

「そうだな。これを機にパートナーシップ制度がもう一段進んだものになってほしいのも本音だ。せっかく身内に政治家がいるんだし、使えるものは使おう」

言うだけ言ってデザートまで食べて帰ってきたという光彦を見て、黒田家の面々は怯えたのではないだろうか。これまで目立たず従順に、家族に歯向かうことなく生きてきた光彦のこの行動をどう理解したらいいのか。自分たちに反抗しているわけではなく、もしかすると本当に兄の出馬に一役買うつもりでいるのかもしれず、良かれと思って行動しているのならなおのこと、どこでどんな爆弾を落とすつもりかわからない。

こんなのもう、静かに見守ることしかできないだろう。見合いの話はおそらく二度と持ち掛けられないだろうし、妙な横槍が入ってくることもきっとない。

波風立てぬことこそ最善と光彦に叩き込んできた家族だ。自ら波を立てることもあるまい。

家族と対等に渡り合うどころかやり込めて帰ってきた光彦を頼もしい気分で見守っていると、光彦の眉間《みけん》にぐっと深い皺《しわ》が寄った。不満も露わなその顔が、あっという間に目の前に迫《せま》る。

「それよりも、藤吾は簡単に俺を諦めすぎじゃないか？」

藤吾は後ろに顔を反《そ》らすこともなく、近距離から光彦を見詰め返して小首を傾げる。

「小説の中の話か？」

「そうだ、あの結婚式の話だけじゃない。四十代、七十代のイタコ小説もだ。柚希ちゃんから、手直しする前の原稿を見せてもらった」

「手直し前の？　なんでそんなもの」

「藤吾と別れて結婚するあの小説があまりにも辛《つら》くて俺が落ち込んでたら、柚希ちゃんがバームクーヘンの口直しにって……なんでバームクーヘンなのか知らんが」

「なるほど」

修正前の小説は、どちらも藤吾が最後まで光彦の傍《かたわ》らにいる内容だ。どんな形でもそばにい続けようとする藤吾の執着が垣間見《かいまみ》える内容なので、読めば光彦も落ち着くだろうと柚希は考えたのだろう。

だが、当の光彦は「何がなるほどだ」とますます目角《めかど》を立てた。

「どの結末もお前は親友に収まってるだろ！　どういうことだ？　お前もしかして、隙あらば親友に戻ろうとしてないか？　いつ別れるかわからない恋人同士でいるより親友の方がいいってあのセリフ、まさか本心じゃないだろうな？」

まくし立てられ、ぽかんと口を開けてしまった。

先にバームクーヘンエンドの小説なんて読んでしまったせいだろうか。修正前のイタコ小説の内容を光彦は正しく読み取れていないらしい。作中の藤吾は鈍感すぎる光彦に恋心を自覚してもらうことこそ放棄《ほうき》しているが、どんな関係性であれ人生の最期《さいご》まで光彦と添い遂げてやろうとしている。その執念深さは如実《にょじつ》に出ていたはずなのに。

完全に内容を読み間違えた光彦は、バームクーヘンエンドに出てくる藤吾の言葉も、強がりではなく本心だと読み取ったらしい。

「いや、違う。何度も言うがあれはフィクションだ」

「でも三本とも親友に収まってたんだぞ。少しはそんな心積もりもあったんじゃないか？」

「それは……あったとしても、お前が思ってるような理由じゃなく」

「あったんだろう！　だからどうにかして思い留まらせようと思ったんだ！」

勘違いを正すべく口に出しかけていた言葉を、藤吾はいったん飲み込んだ。

見当違いとはいえ、親友に収まろうとしていた藤吾に光彦は何をしようとしていたのだろう。そちらを知りたい気持ちが勝《まさ》って、「どうやって？」と先を促《うなが》した。

「簡単だ。俺とお前の新しい小説を用意すればいい」

言い切って、光彦はソファーに深く座り直した。声に少しだけ落ち着きが戻る。

「前に柚希ちゃんが書いてくれたイタコ小説があるだろう。原稿を修正した後の、俺とお前がちゃんと恋人同士になる」

「俺が監修したやつな」

「そう。俺はあれを読んで初めて、これまで考えたこともない未来を想像することができたんだ」

光彦の視線が斜め上を向く。少し先の未来がそこに映し出されているかのように、目はまっすぐに前を見ている。迷いもなく。

「あれはちょっとした指針《ししん》みたいだった。隣にお前がいる未来をかつてなく鮮明に思い描けたし、それで間違いはないと確信も持てた。迷ったときは背中を押してくれる。そういうものが、藤吾にもあるといい。そうしたらもう親友に戻りたいなんて血迷ったことは言い出さないだろう」

確信に満ち満ちた声だった。これはまた思いもよらない方向に思考を飛ばしていたものだと苦笑するが、そのまっすぐさに胸を衝《つ》かれた。自分のためにあれこれ考えてくれていたのだと知れば、嬉しくないわけもない。

「だから今度は、俺がお前のための小説を書いてやろうと思ったんだ」

「光彦が？」

「そうだ。お前用の小説も柚希ちゃんに書いてもらってもよかったんだが、俺のお守りにするつもりの小説が結婚式のあれだっただろう……？　またどんな不穏《ふおん》なものをよこしてくるかわからないから、今回は俺が書くことにした」

よほどバームクーヘンエンドが堪《こた》えたのだろう。気持ちはわかるが、光彦に小説など書けるのだろうか。尋ねると、「日本語が書ければ小説だって書ける」という暴論《ぼうろん》が返ってきた。柚希に聞かれたら膝詰《ひざづ》めで説教をされそうだ。

「それに、前に藤吾が言ってただろ。お前が監修したあの小説はラブレターみたいなものだって。だから返事を書こうと思ったんだ」

小説仕立ての恋文に返信をするなら自分も小説で、と考えたわけか。本人に聞かない限り到達できそうもない思考の流れだ。興味深く頷いていた藤吾は、はたと気づく。

「もしかして、ここのところ週末に会えなかったのは……」

「小説を書いてた」

即答した直後、光彦が重たいボディブローでも食らったように低く呻《うめ》きだした。腹を押さえて背中まで丸めるので、何事かと慌ててその背に手を添える。

「どうした、腹でも痛くなったか」

「……違う。本当はサプライズにするつもりだったんだ」

「もう十分サプライズされてるぞ、こっちは」

そういうことじゃない、と光彦は呟き、続けてぼそりと「プレゼント」と言った。

「クリスマスプレゼントに渡そうと思ってたんだ。それまで黙ってるつもりだったのに、うっかりばらしてしまった」

本当に悔しそうな光彦の横顔を、まじまじと見詰めてしまった。クリスマスなんて、光彦と自分の間ではさほど大きなイベントではなかったはずだ。

「なんで急に？　今までお前、クリスマスなんて気にしたことなかっただろ。わざわざクリスマスに呼び出されたこともなかったし、プレゼントどころかケーキすら食ったこともなかったのに……」

「当たり前だ。いい年した友人同士でプレゼント交換したりケーキ食べたりするか？」

藤吾を睨み、光彦はいっそ呆れを滲《にじ》ませた口調で言った。

「恋人と初めて迎えるクリスマスだぞ。プレゼントくらい用意するだろう。まさか本気で思いつかなかったのか？　情緒《じょうちょ》が死んでるのか」

そこまで言われてようやくおぼろに理解した。光彦にとってクリスマスは、恋人たちのためのイベントという認識なのだろう。恋人のいなかった時分は他人事《ひとごと》のイベントでしかなかったそれが、今年から変わったのだ。

光彦は年中行事を大事にするタイプだ。年末には鏡餅《かがみもち》を買って、年が明けたら鏡開きをして、食べきれなかった餅を藤吾のもとに持ってくる。そのワンセットを飽きず毎年行ってきた。

(今年から、年末のイベントにクリスマスも加わるのか)

クリスマスは恋人だけでなく家族とも過ごすものだという認識が丸ごと欠けているのは少しばかり寂しい気もするが、それ以上に、自分たちの関係が確かに変わったのだという実感を得て胸が詰まった。これからは恋人として、せいぜい賑《にぎ》やかに光彦とクリスマスを迎えてやろうと密《ひそ》かに決意する。

それにしたって光彦の頭の中は複雑怪奇だ。一生かけても完全に理解できる気がしない。

光彦は開き直った様子で、よし、と自身の膝を叩いた。

「ばらしてしまったものは仕方がないな。まだ推敲《すいこう》中だが読んでみるか？　俺が今までどんなふうにお前を見てきたかもちゃんと書いておいたぞ。恋心を自覚する前だって、お前は俺の特別だったんだからな。あれを読めば間違っても親友に戻ろうなんて考えたりしないはずだ。待ってろ、出がけにも見直してたからそこに置いてあるんだ」

立ち上がりかけた光彦の腕を摑んでソファーに引き戻す。怪訝《けげん》そうな顔を向けられる前に、両腕で光彦の体を囲い込んで抱き寄せた。そのままソファーに押し倒す。

少しだけ顔を上げると、目を丸くした光彦と視線が交わった。

「し、小説は……?」

「後でいい」

休日を費やしてまで執筆に励《はげ》んでくれていた光彦には悪いが、それどころではない。

こんなタイミングで、予想外に光彦の腹が決まっていたことや可愛らしいプレゼントを用意してくれていたことがわかってしまったのだ。

光彦の帰りを待つ間、一瞬とはいえ最悪の想像をしていただけに安堵と歓喜に呑まれて冷静な思考が押し流された。お行儀よく文章を目で追えるだけの余裕がない。

見開かれた目の上に唇を落とすと、光彦もやっと我に返ったような顔をして肩をすくめた。

こちらの意図を悟《さと》ったのか、光彦の頬がジワリと赤くなる。直前までの騒がしさが一瞬で掻《か》き消え、小さな声で「シャワー」と呟かれた。

「いらない。このままでいいだろ」

「嫌だ、煙草の臭いがする」

スーツの肩口に鼻先を寄せて光彦は眉を寄せる。光彦自身は煙草を吸わないので、父親か兄が吸っていた臭いがついてしまったのだろう。光彦の髪に鼻先を埋《うず》めてみても煙草の名残《なごり》は感じられなかったが、本人が気にしているなら仕方ない。

「じゃあ一緒に入ろう」

髪の生え際《は》から耳元に唇を滑らせて囁くと、嫌だ、と弱々しい声が返ってきた。

「……お前と一緒に入るとぐずぐずになる」

光彦の耳の端に色がつく。柔らかなバラ色だ。

「ぐずぐずにしたいんだよ」

囁いて、幸福を象徴するような色を帯びたその耳にキスを落とした。


光彦のマンションのバスルームは広い。浴槽も藤吾のアパートのそれより広く、手足を伸ばして入れるのが魅力的なのだが、今日は湯を張っている暇もなかった。

シャワーで濡れた体をおざなりに拭《ふ》いて、素肌にタオルだけまとって寝室に転がり込む。

クローゼットのある寝室には、大きなベッドとサイドテーブルが一つ置かれている。二人でもつれるようにベッドに倒れ込むと、光彦がうつぶせになって小さく呻いた。

「……ほら見ろ、やっぱりぐずぐずにされた」

光彦の隣に寝転がり、まだ湿っている髪を耳にかけてやる。シーツに埋《う》もれていた顔の半分がこちらを向いて、ひどくだるそうな表情で睨まれた。

「なんでいつも風呂場でいやらしいことをするんだ」

お前がそういう顔するから、とは言えず、「待ちきれなくてな」と目尻を下げた。

光彦は呆れたような溜息をついて、再びシーツに顔を埋める。

「……急ぐ必要もないだろう。逃げないし、もうお前のものだ」

一体どんな表情でそんな言葉を口にしているのだろう。見えないのが惜しまれる。上体を起こして光彦の背に覆《おお》いかぶさり、首の裏に唇を押し当てた。

「わかってても嬉しくて気が急《せ》くんだよ」

「もう何年も一緒にいるのにか……？」

「恋人になってからはまだ二ヵ月も経《た》ってないだろ？」

光彦の首から背中に唇を滑らせる。ほんの二ヵ月前までは、こんなふうに素肌に触れることなどできなかったのだ。

長年視線で辿《たど》ることしかできなかった肌に口づけられる。世界が一変した気分だった。唇から指先にバトンタッチして、背骨を指で辿り下ろす。尾骶骨《びていこつ》からさらに奥、窄《すぼ》まりに触れると光彦の背中が緩く反った。指の先を入れてみる。浴室で準備をしたのでそこはすでに柔らかい。

枕元のサイドテーブルに手を伸ばし、一番下の引き出しからローションとゴムを取り出す。一番上の引き出しに入れておいた方が取り出しやすいのだが、光彦に止められた。初めてこれを光彦の部屋に持ち込んだ際、「寝ぼけて一番上の引き出しを開けたとき、こんなもんが目に飛び込んできた俺の気持ちを考えろ！」とわめかれたのを思い出す。

「……何笑ってるんだ」

知らぬ間に、息を漏らすように笑っていたらしい。振り返った光彦の頬に唇を落としてごまかした。ここでへそを曲げられても困る。

うつぶせになった光彦に覆いかぶさり、掌《てのひら》にローションを垂らしてもう一度後ろに触れる。濡れた指をまずは一本。浴室でぐずぐずにしておいたおかげか、抵抗もなく沈んでいく。

「ん……っ、ぅ……」

光彦の項《うなじ》にキスを繰り返しながら、ゆっくりと指を抜き差しする。体を重ねるようになって間もない頃は苦しげな息遣いをしていたが、今は随分と熱っぽい溜息をつくようになった。

じっくりと指を埋め、奥を探ると高い声が漏れる。ふいに出てしまうそれが恥ずかしいのか、慌てたように唇を噛む姿が可愛い。もっと声が聞きたくなって、中を探る指が執拗《しつよう》になってしまう。慣らすというよりは性感帯を見つけてこね回す方が目的になって、たまに光彦に怒られる始末だ。

「あ……っ、ぁ……っ、ん……」

指を増やして出し入れすると、光彦の声が甘く蕩《とろ》けた。

内側がぬかるんで熱い。指を柔らかく締めつけられて喉《のど》が鳴る。

痛いくらい張り詰めたものを、早くここで受け止めてほしい。焦《じ》れて光彦の肩甲骨《けんこうこつ》に軽く歯を立てると、シーツに突っ伏していた光彦が緩慢《かんまん》に顔を上げた。振り返り、藤吾と目を合わせて囁く。

「……もういい」

「でも」

「風呂場でしつこいくらい慣らしただろう」

寝返りを打って仰向《あおむ》けになった光彦が、ほら、と両腕を広げてくる。誘われるままその首筋に顔を埋めると、首の後ろに腕を回された。

「髪濡れてるぞ、冷たい」

藤吾の髪に頬ずりしながら文句を言う。

人のこと言えないだろ、と返しながら手早くゴムをつけた。

「明日きっと、藤吾も俺も寝癖がひどいことになってるぞ」

「朝一でシャワー浴びれば解決だ」

「ちゃんと乾かす時間を取れと言ってるんだ」

最中もお喋《しゃべ》りが絶えない。光彦と一緒にいるといつもこうだ。ずっと下らない話をしている。こんなに色気のない会話をしているのに、至近距離で視線が絡《から》むとすぐに体が熱くなった。恋人同士になる前、どうやってこの熱を抑えていられたのかもうわからない。

唇の表面をすり合わせるようなキスをして、光彦の脚を抱え上げた。

首に回された光彦の腕に力がこもる。光彦も、どうすれば一番ぴたりと互いの体が沿うのかもうわかっていて動きやすいように腰を上げてくれる。

「光彦」

名前を呼ぶと、答えの代わりに下唇を軽く噛まれた。弾む息を抑えつけ、窄まりに切っ先を押しつける。

「……ん、んっ」

「息、吐いてくれ」

「は……っ、ぁ……あぁっ」

熱い肉に呑み込まれて、今度はこっちがぐっと息を詰めることになった。

狭い場所に押し入る瞬間は、焦っていつも息が止まる。それをわかっているのかいないのか、呼吸を促《うなが》すように光彦の手が背中を撫でてきて、は、と短く息を吐いた。

「あ、あ……っ、あぁ……っ」

光彦の体を傷つけないよう、ゆっくりと腰を進める。耳元で上がる切れ切れの声に理性を焼き切られそうだ。

途中、光彦にキスをねだられた。唇を合わせると否応《いやおう》もなく興奮に拍車《はくしゃ》がかかる。息を乱し、濡れた舌を絡ませながら、最奥《さいおう》まで自身をねじ込んだ。

「んん……っ、ぅ……は、ぁ……っ」

キスがほどけるなり光彦が喘《あえ》ぐように息を吸い込んだ。顔を覗き込めばとろりとした目がこちらを見上げてくる。そこに苦痛の色がないことにほっとして、光彦の腿《もも》をそっと撫でた。途端に光彦の眉が切なげに寄って、藤吾を呑み込んだ内側が震えるようにざわめく。

藤吾は額に汗を滲ませ、たまらないな、と目を眇《すが》めた。

本来ならば他者に明け渡すことなどない場所を、自分のために無防備に開いてくれる光彦の姿を見ると、動くまでもなく腰の骨が甘く痺《しび》れる。こんなふうに光彦に触れることも、暴くことも、自分にだけは許されている。その事実に恍惚《こうこつ》とした。

深々と貫《つらぬ》いたままじっとしていると、光彦が焦《じ》れたように腿の内側を藤吾の腰にすり寄せてきた。控えめなお誘いに浮かれて、緩く腰を前後させる。

「あっ、あ……っ、ひ……っ、や、ぁ……っ」

浅いところを責め立てると、光彦の唇から切羽《せっぱ》詰まった声が漏れた。声に涙が交じってきたので、今度は奥まで押し込んで揺さぶる。

「あ、あぁ、あ……っん」

わかりやすく声が変わった。甘ったるく蕩けたそれに腰の奥がぞくぞくする。

「奥がいいんだよな?」

「う……っ、ん、ん……っ」

「うん?」

「んん……っ!」

うるさい、とばかり首にしがみつかれた。まったく可愛い。

機嫌よく光彦を揺すり上げていたが、いつになく首に回された光彦の腕の力が強いことに気づいて動きを止めた。先ほどから声も聞こえない。

「……どうした？　気分でも悪くなったか？」

乱れた息の下から尋ねると、無言で首を横に振られた。汗ばんだ二の腕を撫でるとゆっくりと腕の力が緩んで、光彦の後頭部がシーツに沈む。見た限り、表情は快感に溶けているようだ。

どうした、ともう一度尋ねると、光彦の目がわずかに泳いだ。

「……家族に、勝手にお前とつき合ってることをばらして、すまん」

ばつの悪そうな顔をして、最中に何を言い出すかと思ったら。苦痛を訴えるものでなかったことに安堵して、なんだ、と小さく笑う。

「そんなこと気にしてたのか」

「お前の名前は出さなかったが、興信所《こうしんじょ》のようなものは入るかもしれない……」

「ああ、それはあるかもなぁ」

言いながら頬を撫でてやると、光彦の唇から水に溶けるような吐息が漏れた。息の最後に、か細い声が交じる。

「——すまん、うちは普通の家じゃない」

そんなものは承知の上だ。何を今更と笑い飛ばしてやろうとしたら、光彦の顔が泣き出しそうに歪《ゆが》んだ。

「嫌いにならないでくれ」

危うく息が止まりそうになった。光彦の愛情表現はいつもストレートだ。黙っていれば凛々《りり》しいほどの美青年なのに、子供のように不器用でまっすぐな好意をぶつけてくる。

「なるわけないだろ」

体を前に倒し、光彦に顔を近づける。内側に接するものの角度が変わったせいか、息を詰めたその唇にキスをした。

「素行調査でもなんでも好きにしてくれ。なんだったら、お前の実家まで挨拶《あいさつ》に行ってもいいんだぞ？」

最奥まで呑み込んでいるからといって体の芯に声が響くわけもないのだが、喋るたびに光彦の体がびくびくとのたうつ。片手を伸ばして腰を撫でると、体が内側から震え上がった。

「ぁ……っ、ん、本気、か……？」

「本気だ」

ゆるゆると揺さぶると、光彦の瞼が微かに痙攣《けいれん》した。口の中を一舐《ひとな》めするようなキスをして、互いの虹彩《こうさい》すら見える距離で囁く。

「もう親友には戻らない」

戻れるわけもないのだ。一度この体当たりの愛情表現を知ってしまったら手放せない。

口にした瞬間、光彦の顔がほころんだ。藤吾を受け入れていた場所も柔らかく蠕動《ぜんどう》して、もうこれ以上大人しくしているのも限界だった。抱えていた光彦の脚を放し、その腰を摑んで突き上げる。

「あっ！　ひ、あっ、や……っ！」

光彦の唇から嬌声《きょうせい》が上がる。夢にまで見た声だ。親友として隣にいる限り、きっと一生耳にすることはできなかった。

長らく望んでいたものをようやく摑んで懐《ふところ》にしまい込めたような、途方もない充足感で脳が痺《しび》れる。首に腰に手足を絡ませてくる光彦が愛《いと》しくて仕方ない。もっと深い快感に落としたくなって、光彦の下腹部に手を伸ばす。

「あっ！　や、やだ、やめろ……っ！」

屹立《きつりつ》に触れると光彦から涙声が上がった。嫌だという言葉とは裏腹に内側がきつくうねる。持っていかれそうになって、奥歯を噛んで堪《こら》えた。

「……っ、なんで、よくないか？」

「い……っ、いい、から……ぁっ、や、やだぁ……っ！」

言っていることがちぐはぐだ。びくびくと脈うつものを手の中に柔らかく収め、表面を撫でるように掌を上下させる。扱《しご》くと言うよりさすると言った方が近い弱い刺激に、光彦の腰がびくりと跳ねた。

「あ、あ……っ、やぁ――……っ」

「だから、強くしてないだろ……っ」

のけ反った光彦の喉が白くて目に毒だ。手の中の物を撫で下ろすたびに熱い内壁に締め上げられて、焦らすつもりが追い詰められる。

首に回されていた光彦の腕が緩んで、互いの間に隙間ができる。汗と涙でぐちゃぐちゃになった光彦の顔は壮絶なほどの色気を孕《はら》んでいて、頭の芯が焼き切れたようになった。

「あっ、あ、あぁ……っ！」

光彦の屹立を握る指先に力を込め、突き上げを大きくした。手加減できない。光彦の顔が、声が、体が、見る間に快感で蕩けていくからなおさらだ。もっと良くしたい。ほどけた体を貪《むさぼ》りたい。緩んだ唇に嚙みつくようなキスをすれば、藤吾を咥《くわ》え込んだ奥が淫《みだ》らにうねった。全身の血が沸騰しそうになる。

「ん、んぅ……っ、は……っ、あ……っ！」

すぐに息が続かなくなってキスをほどいた。絡みつく柔らかな肉を振り切るように腰を振れば、光彦の声がどんどん高く切れ切れになっていく。

「あ、あ……っ、あぁ……っ！」

腰に光彦の脚が強く絡みつき、痙攣するように内側が収縮《しゅうしゅく》する。搾《しぼ》り取られるようなそれに低く呻いて、体の奥深いところで吐精《とせい》した。

どっと体が重くなって、光彦を押しつぶしてしまわぬようとっさにベッドに腕をついた。互いの腹の間がぬるついていて、光彦も達したらしいことを知る。

肩で息をしながら起き上がり、後始末をして光彦の顔を覗き込む。

まるで湯あたりしたような顔だ。大丈夫か、と頬を撫でると、視線がとろりとこちらに流れてきた。

「髪が……」

「ん？　ああ、汗かいたか？」

「違う、まだ、乾かしてない……」

光彦の隣に寝転がって前髪に触れてみる。

「乾いてるぞ」

「乾いてない……こっちだ」

光彦がごろりと寝返りを打って、藤吾の胸に体を寄せてきた。ほとんど条件反射のようにその背中に腕を回し、後頭部の髪に触れてみる。確かにまだ少し湿っているか。

「ドライヤーかけるか？」

「……うん」

「じゃあ、ちょっと休憩したら脱衣所行くか」

うん、と胸元からくぐもった声がする。体からゆっくりと熱が引いて、汗ばんだ肌がさらさらと乾いていくのを感じながら苦笑を漏らした。

（……とか言いながら寝るんだろうな）

後ろ髪に指を滑らせる。湿っているが、気にするほどのことでもない。それよりも、こうして胸に寄り添ってくれる光彦から離れたくない気持ちの方が強かった。

後頭部から手を移動させ、光彦の背中を軽く叩く。子供を寝かしつけるような仕草で、腕の中に引き止めたい気持ちを隠しもせず。

とん、とん、と規則的な音が室内に響く。

その間隔《かんかく》がだんだん間遠になってきて、やがて途切れ、寝室に二人分の寝息が響き始めるまでに、そう時間はかからなかった。


胸の辺りが温かい。

それに反して背中は寒い。

体の表と裏で温度が違う。無意識に温《ぬく》みを求めて腕の中のものを抱き寄せれば、ん、と小さな声がした。いっぺんに意識が浮上して瞼《まぶた》が開く。

カーテンの向こうが白《しら》んでいる。明け方の仄白《ほのじろ》い光に満たされた寝室をぐるりと見回し、光《みつ》彦《ひこ》の部屋だ、と遅れて理解した。腕の中には光彦がいて、深い寝息を立てている。

予想通り二人してあのまま寝入ってしまったらしく、お互い服も着ていない。背中が寒いと思ったのは、布団が背中までかかっていなかったせいだ。

腕を伸ばして光彦の背中を探る。こちらはきちんと布団がかかっていてほっとした。

軽く光彦の背中を叩き、下着だけ穿《は》いてベッドを下りた。キッチンで水を飲み、もう一度寝室に戻ろうとしてダイニングテーブルに分厚《ぶあつ》い紙の束が置かれていることに気づく。右肩を黒いクリップで留められたそれは、表紙に『恋文返信』とある。

もしやと紙束に手を伸ばす。

パラパラと何枚かめくってみて確信した。光彦がここのところ書いていたという小説はこれだろう。印刷した文章に赤いペンで修正が入っている。推敲《すいこう》中と言っていたか。

（……昨日、俺に読ませようとしてたくらいだし、もう目を通してもいいんだよな？）

その場で読もうかとも思ったが、早朝のダイニングに下着姿で立ち続けているのはさすがに寒い。原稿用紙を持っていったん寝室に戻ることにした。

ベッドを離れている間に光彦は寝返りを打ったらしく、部屋の入り口に背中を向けるようにして眠っていた。とりあえず昨日穿いていたワークパンツだけ身に着け、光彦を起こさぬようベッドの端に腰を下ろす。

カーテンを閉めた窓から差し込む淡い光を頼りに、ゆっくりと小説に目を通した。だが、読み進めて少しもしないうちに藤吾《とうご》の顔に広がったのは、困惑の表情だ。

（これ、小説……か？）

小説というよりは自伝、いや、日記の抜粋《ばっすい》のようにも見える。

『小学生の時に藤吾に会った。初めて見た藤吾は私より大きかった。クラス替えの日、教室の一番後ろの席に座っている藤吾を見て新しい副担任かと思ったら、同級生だったのでびっくりした。藤吾は給食をよく食べた。いつもなんでも残さないので偉いと思った。』

こんな調子の文章がずらずらと続く。

(日本語が書ければ小説も書けるとかよく言ったたな。柚希《ゆずき》さんに叱られるぞ)

ほとんどが過去の出来事を手あたり次第に列挙《れっきょ》しているだけだが、その合間に藤吾に対する称賛《しょうさん》の言葉なども挟まってくるのでむず痒《がゆ》い。

友達が多い、足が速い、ドッジボールでいつも最後までコートに残るなど、小学校時代にしか通用しないだろう賛辞を未だに覚えているのだから妙に記憶力がいい。

中学時代は、顔がいい、女子にモテるなんて書いているが、女子にモテた記憶はない。盛ってないか？　と苦笑していたら高校時代に突入した。

優しい、視野が広い、先のことをよく考えている、など褒《ほ》め言葉が変化して、単に昔のことを書いているというより、その時代時代の光彦の心情を丹念《たんねん》に思い出し、紙に吸わせるようにして書き出してくれたのだな、とわかってきた。

時系列順に思い出を書き連ねた文章は小説とは言い難《がた》いけれど、こうして目を通していると当時の光彦の心情だけでなく、記憶の濃淡のようなものも見えてくるのが興味深い。同じ十年前の記憶でも、何も覚えていない日もあれば特別鮮明に覚えている日もある。読んでいると、光彦が過去のどんな記憶を大事にしているのか浮き上がってくるようだ。

（高校のとき、無理やりコンビニに連れ込んで唐揚《からあ》げ立ち食いさせたのがそんなに嬉しかったなんて知らなかったぞ）

あのときは強引すぎて迷惑がられたような気もするが、記憶違いか。それとも光彦が本心を隠していただけか。文字を追いかけても当時の光彦の表情はよく思い出せない。けれど当時の自分がどんな顔で、どんな言葉で光彦を誘ったかはここにきちんと記《しる》されている。ひどくくすぐったい気分だ。

時代はさらに進んで、大学生から社会人へと至る。最近の出来事はさすがに描写が詳しい。イタコ小説を読んだ光彦の動揺や、恋心を自覚していく過程が見える。記憶に新しいからこそ感情に言葉が追いつかないのか、赤ペンで修正が入っている部分も多い。

（この辺、しっかり書き直した後の文章が読みたいな）

気がつけば、すっかり光彦の小説を読みふけっていた。

最後の数ページは現実の時間を追い越してこれからの希望が書かれている。四十代になったら藤吾と一緒に旅行に行きたいだとか、七十代になったら藤吾と釣り堀に通いたいだとか、どうやらこれは先に読んだイタコ小説に対するアンサーのようなものらしい。本当にそうなったらいいよな、と目を細める。

家族に対する言及もあった。いつか家族に自分たちの仲を邪魔される日が来るかもしれないが、そんなものは蹴散《けち》らすつもりだ、という力強い文章だ。

この文章が書かれたのは、光彦が家族から食事に誘われる前だろうか。それとも後か。どちらにしろ、本当に蹴散らしてきたのだから恐れ入る。

小説も終わりに差し掛かり、いよいよ最後の一枚だ。過去から現在、未来へと書かれてきた小説の結びである。

藤吾は口元に笑みを浮かべながらその文面を読み、真顔に戻ってもう一度頭から同じ文章を読み返した。

『この先の未来を想像するとき、いつも傍《かたわ》らに藤吾がいる。』

頭の中で光彦の声が響く。ここに書かれた文章を読み上げるように。

『親友ではなく人生の伴侶《はんりょ》として。そんな未来が続いてくれたら幸いだ。長々と書いてきたこの物語が現実になることを、心から祈る。』

薄暗い寝室の中にぼんやりと浮かび上がる上質紙の白色がふいにぼやけて、慌てて目元を手で押さえた。

急になんだ。不意打ちもいいところだ。

不覚にも、心の柔らかいところに強烈な一打を浴びてしまった。

目元を押さえたまま必死で息を整えていたら、墓まで持っていくつもりだった恋心をうっかり口にしてしまった日のことを思い出した。

あの瞬間まで、自分はとっくに覚悟を決めているつもりだった。光彦が一生自分を振り返ってくれなくても、変わらずそのそばにい続けようと。

たとえ光彦が結婚しようと、子供が生まれようと、かつての友人であった自分のことなど忘れてしまったとしても、自分の心は光彦の隣に置いておこう。それで何かの気まぐれに光彦が自分を思い出し、声をかけてくることがあれば、そのときは友人然とした顔で会いに行こう。

十分だ。それ以上は望むまい。

でも本当は光彦の人生が欲しい。よそ見もさせずこちらを向かせたい。そんな欲望に諦めを混ぜ、覚悟で固めて、光彦の目には触れさせないよう処分するつもりだった。それしか光彦のそばにいられる術《すべ》はないのだと自分に言い聞かせて。

けれど光彦は、この先もきちんと自分の隣に藤吾の居場所を空《あ》けておいてくれるつもりらしい。それも親友ではなく、人生の伴侶として。

ぐっと奥歯を噛んだところで、剝《む》き出しの背中に温かな重みがかかった。

いつのまに起き出してきたのか、光彦に後ろから抱きしめられて体が前のめりになる。

「なんだ、また泣いてるのか」

耳元で聞こえた光彦の声には笑いが滲《にじ》んでいた。こちらを心配しているというより、この状況を面白がっている様子だ。息を整え、目元を手で覆《おお》ったまま慎重に声を出した。

「……またって?」

「藤吾はいつもイタコ小説のラストで泣いてるだろ。七十代のときも四十代のときも、結婚式の話のラストでも泣いてたな?」

「あの展開は泣くだろ」

「俺も読んでて泣きそうになった。特に結婚式の話は」

首に回された光彦の腕に力がこもる。

背中から伝わってくる体温に体のこわばりがほどけ、掌《てのひら》で目元を拭《ぬぐ》いながらその手を下ろした。背中に光彦をしがみつかせたまま、ぽろりと本音をこぼす。

「あのバームクーヘンエンドを読んだとき、正直、結構……きつかった」

藤吾の肩に額を押しつけていた光彦がガバリと顔を上げる。と思ったら、耳元で遠慮なく大声を上げられた。

「なんだ! そうならそうと先に言え! お前なんていつも余裕たっぷりで何を考えてるんだか全然わからん!」

「……光彦、声デカい」

「週末に一緒にいられなくても俺のこと引き止めないし寂しがらないし……!」

「寂しかったよ」

「言え!」

「言ってただろ、ちゃんと」

首にしがみついた光彦が、いつもいつも俺ばかり、と何事かわめいている。光彦の目に自分の姿はよほど余裕綽々《しゃくしゃく》に映るのか。

こちらこそ、恋い焦《こ》がれているのはいつも自分ばかりだと思っていた。

藤吾は手の中の原稿の束を見下ろし、その表紙をざらりと撫でる。

小説のタイトルは、内容そのままに『恋文返信』。印刷された文字には赤で無数の修正が入っている。完成までにはまだ遠い。だが何より、光彦がこれを用意してくれたことが嬉しい。

柚希の手を借りて書き上げた長い長いラブレターに、こうしてちゃんと返事が来た。

「光彦、これクリスマスのプレゼントじゃなくてもいいぞ」

「えっ、気に入らなかったか……？」

光彦が身を乗り出してこちらを覗き込んできたので、膝の上の原稿に視線を落として「そうじゃない」と首を横に振った。

「クリスマスまであと一ヵ月もないだろ？　そんなに慌てて書き上げないで、ゆっくり完成させてほしい。柚希さんみたいに締め切りがあるわけじゃないんだし」

首に絡まった光彦の腕をそっと撫で、藤吾は願いを込めて口にする。

「できることなら、一生かけて書いてくれ。俺も手伝うから。答え合わせしながら完成させよう」

長年の片想いがようやく実って、恋人同士になった現在。その先の、三十代、四十代、五十代の自分たちの姿も光彦に書き留めてほしい。日記とも私小説ともつかない文章で、その時々の感情なども交えながら。

この先も、光彦の隣には常に自分がいるはずなのだから。

肩越しに光彦がこちらの横顔を覗き込んでいるのがわかる。けれど顔を上げられない。背中に温かな重みを感じながら俯《うつむ》いていると、肩にぺたりと頬を押しつけられた。

「この小説を書くことをライフワークにしろってことか？」

「できれば」

「いいぞ。毎年進捗《しんちょく》を見せてやる。クリスマスとか年末に見せたらいいんじゃないか？　年中行事みたいにしよう」

「そうしてくれ」

光彦が柔らかな声を立てて笑った。相当に機嫌がいいようで、藤吾の肩に凭《もた》れてはしゃいだ声を上げる。

「こんなに藤吾が喜んでくれると思わなかった！」

「喜ぶに決まってんだろ。いいセンスしてるよ、お前」

「そうかそうか、一生ものの大仕事だなぁ。ラストはどうする？　やっぱりお前が泣くのか？」

藤吾は俯いて苦笑を漏らす。

きっと今日の出来事も、光彦の小説に余さず書かれてしまうのだろう。微《び》に入り細《さい》を穿《うが》つような描写で。情けないけれど仕方がない。もう俯いているのも馬鹿らしくなって、藤吾は光彦に顔を向ける。

「そうだな。こんなふうに、泣くほど幸せなラストにしてくれ」

目尻を下げて笑っていた光彦が、伸び上がって藤吾の頬に唇を寄せた。

「任せろ、文才はある方だ！」

あまりにも光彦が自信満々なので、その確信はどこから来るのだと噴き出してしまった。

「一回柚希さんに添削《てんさく》してもらえよ」

「そんなことしたらデビューを勧められてしまうかもしれないだろう」

「小説家舐《な》めんなって怒られるぞ」

笑いながら、繰り返し寄せられる光彦の唇を受けとめる。

濡れて冷たくなったその場所にぬくもりが移って、きっと今、頬はバラ色に染まっている。

あとがき

AFTERWORD

—海野幸—


どうあがいてもハッピーな結末になるお話が大好きな海野《うみの》です、こんにちは。

とはいえビターなラストも決して嫌いではないので、ときどきそういったテイストのお話を見たり読んだりして「これは素晴らしい」とうっとりしたりもします。するのですが、なぜでしょう。自分で書こうと思うとどうにも筆が進みません。

そんなわけで振り返ればラブコメばかり書いてきたわけですが、今回は趣向を変えて、作中作という形で普段は書けない雰囲気のお話を書いてみました。

シニアになるまで叶わぬ恋や、不倫の末に行きつく恋。お互い想いを残したまま別れる展開など、本篇で書こうと思ったら、「いやいや、もうちょっとどうにか穏便《おんびん》にくっついておくれよ！」と力業《ちからわざ》の救済措置《そち》を取ってしまいそうなお話ぞろいであります。

しかしいざ書いてみると、どうしたことでしょう。意外と懊悩《おうのう》するキャラクターたちを書くのが面白いではありませんか。

好き合う二人は何があってもくっついてほしい質《たち》なので、バームクーヘンエンドを読むことはあっても自《みずか》ら書くことはきっとないだろうと思っていたのですが、やってみる前から決めつけるのはよくないですね。新たな性癖の扉を開いてしまったような気もします。

でもそれも、「このシーンを乗り切れば貴方《あなた》たちのための超絶ハッピーなエンドが用意されてるから！　頑張って！」という気持ちがあったからこそ書ききれたのかもしれません。なんだかんだとハッピーエンドが大好きです。

さて今回は作中にイタコ小説という謎の小説が挟まれていたわけですが、いかがでしたでしょうか。作者の私自身、「イタコ小説ってなんだろう」と思っていたくらいなので読者の皆様におかれましてはますますのこと「なんだそれ」という感じだったと思います。ネタ出しの段階で、自分の選ばなかった未来が垣間《かいま》見える展開にしたいな、と考えていたらこうなりました。ネタ自体はオーソドックスだったのに、なぜ……？

イタコ小説という名称はともかく、今作に出てくる柚希《ゆずき》のようなタイプの作家にはちょっと憧《あこが》れがあります。

着地点を考えずに書き始めてラストまでたどり着ける。そんな夢のようなことができたらどんなに良いでしょう。私はプロットを作る際にラストが三通りくらいに分かれて「どれが一番盛り上がりそう……？」と悩んだ挙句《あげく》全然違うプロットを提出したりするので、柚希のようにいきなり本文を書き出すことができません。何より気を抜くと原稿が際限なく長くなるので、そうならないためにもプロットは絶対に必要です。世の中にはプロットを立てずに執筆する方もいらっしゃるそうなので、本当に憧れます。

憧れが先行するあまり、柚希の執筆スタイルはだいぶエキセントリックになってしまったような気もします。でもご飯を食べているときに急にネタを思いついて突然メモを取り始めるのは作家あるあるですよね。ふいに真顔になって他人の言葉に反応しなくなるのもあまりにも日常茶飯事です。

そんな今回のお話ですが、イラストは羽純《はすみ》ハナ先生に担当していただきました。

光彦《みつひこ》から醸《かも》し出されるお坊ちゃん感、たまらなく好きです。ああ、育ちがよさそう……！と思わせるオーラがある！　一方で世間からずれているきらいのある光彦を大らかに見守る藤《とう》吾《ご》のどっしりしたイケメン振りも素晴らしい！　雑誌掲載時の扉絵を見た際の感動はいまだに忘れられません。カバーラフを拝見したときは眩《まぶ》しくて目が潰れるかと思いました。光彦の白いタキシード姿が見たいと思っていたのですが、よく考えたら藤吾のフォーマルな格好もすごくレアだった……！　羽純先生、素敵なイラストをありがとうございました！

そして末尾《まつび》になりますが、この本を手に取ってくださった読者の皆様、本当にありがとうございます。

不倫やらバームクーヘンエンドやら不穏な展開もありましたがいかがでしたでしょうか。あれも全力ハッピーエンドに向けての助走だと思って楽しんでいただけましたら幸いです。

それではまた、どこかでお会いできることを祈って。

海野　幸

この本を読んでのご意見、ご感想などをお寄せください。
海野 幸先生・羽純ハナ先生へのはげましのおたよりもお待ちしております。

〒113-0024　東京都文京区西片2-19-18　新書館
[編集部へのご意見・ご感想] 小説ディアプラス編集部「小説仕立てのラブレター」係
[先生方へのおたより] 小説ディアプラス編集部気付　○○先生

- 初出 -
小説仕立てのラブレター：小説ディアプラス22年アキ号（Vol.87）
恋文返信：書き下ろし

[しょうせつじたてのらぶれたー]
小説仕立てのラブレター

著者：**海野 幸** **うみの・さち**

初版発行：2023 年 10 月 25 日

発行所：株式会社 新書館
[編集] 〒113-0024
東京都文京区西片2-19-18　電話（03）3811-2631
[営業] 〒174-0043
東京都板橋区坂下1-22-14　電話（03）5970-3840
[URL] https://www.shinshokan.co.jp/

印刷・製本：株式会社 光邦

ISBN978-4-403-52584-1

ディアプラスBL小説大賞
作品大募集!!

年齢、性別、経験、プロ・アマ不問!

賞と賞金

大賞：30万円 ＋小説ディアプラス1年分
佳作：10万円 ＋小説ディアプラス1年分
奨励賞：3万円 ＋小説ディアプラス1年分
期待作：1万円 ＋小説ディアプラス1年分

＊トップ賞は必ず掲載!!
＊期待作以上のトップ賞受賞者には、担当編集がつき個別指導!!
＊第4次選考通過以上の希望者の方には、個別に評をお送りします。

内容

■キャラクターとストーリーが魅力的な、商業誌未発表のオリジナルBL小説。
■Hシーン必須。
■同人誌掲載作は販売・頒布を停止したもの、ネット発表作品は該当サイトから下ろしたもののみ、投稿可。なお応募作品の出版権、上映などの諸権利が生じた場合、その優先権は新書館が所持いたします。
■二重投稿、他者の権利を侵害する作品の投稿は固く禁じます。

ページ数

◆400字詰め原稿用紙換算で**120**枚以内（手書き原稿不可）。可能ならA4用紙を縦に使用し、20字×20行×2～3段でタテ書き印字してください。原稿にはノンブル（通し番号）をふり、右上をひもなどでとじてください。なお、原稿には作品のストーリー概要を400字以内で必ず添付してください。
◆応募原稿は返却いたしません。必要な方はバックアップをとってください。

しめきり 年2回：1月31日／7月31日（当日消印有効）
発表 1月31日締め切り分……小説ディアプラス・ナツ号誌上（6月20日発売）
7月31日締め切り分……小説ディアプラス・フユ号誌上（12月20日発売）

あて先 〒113-0024 東京都文京区西片2-19-18
株式会社 新書館 ディアプラスBL小説大賞 係

※応募封筒の裏に【タイトル、ページ数、ペンネーム、住所、氏名、年齢、性別、電話番号、メールアドレス、連絡可能な時間帯、作品のテーマ、執筆日数、投稿歴、投稿動機、好きなBL小説家】を明記した紙を貼って送ってください。